OS INTERIORES

Editor: Eduardo Lacerda

Assistentes editoriais: Amanda Vital, Angelica Marques, Gabriel Santana, Içara Bahia, João Vitor Nascimento, Rafael Arms, Ricardo Escudeiro

Revisão: Eduardo Sabino

Capa, projeto gráfico e diagramação
Alessandro Romio | Instagram: @romioland

Imagem de capa: tratamento digital sobre foto de Hanxiao Xu / Unsplash

Administrativo e comercial: P[illegible] Gunutzmann

Administrativo e marketing: Sofia Fernandez Gunutzmann

Expedição: Sheila Gomes

Eventos: Flavio Rodrigues

Catalogação na publicação
Elaborada por Bibliotecaria Janaina Ramos – CRB-8/9166

M433i Matias, João

Os interiores / João Matias.
– São Paulo: Patuá, 2025.
164p.; 16 X 23 cm.

ISBN 978-65-281-0142-9

1. Romance. 2. Literatura brasileira.
I. Matias, João. II. Título.

CDD 869.93

Índice para catálogo sistemático
I. Romance : Literatura brasileira

Editora Patuá – Livraria Patuscada
Rua Luís Murat, 40
Vila Madalena – São Paulo – SP
(11) 96548-0190
editorapatua@gmail.com
www.editorapatua.com.br

OS INTERIORES

João Matias

PATUÁ
EDITORA

9 | **Capítulo 1**
LUZ DA AURORA

43 | **Capítulo 2**
DESTINO MANIFESTO

99 | **Capítulo 3**
VOÇOROCA

141 | **Capítulo 4**
NOVA BRASÍLIA / SERTÕES NOVOS

A terra de minha origem primitiva
me chama
Circula-me nas veias o cansaço
de suas raízes
A seus anos me devolvo
e a seus abismos me abandono.

"Chamado", Zila Mamede

CAPÍTULO 1

LUZ DA AURORA

Tem algo de interessante e triste no ofício de matar maridos. Mesmo quando a poeira baixa, e o pano percorre os ladrilhos do piso ensopado de sangue, a adrenalina não passa. Você compara este ato com outras formas igualmente vis, igualmente sujas, igualmente espúrias e só um pouco menos dignas de se orgulhar. E claro, matar. Uma barata, um rato, uma mosca. E quando, numa manhã de segunda-feira, sentada no sofá, Tieta contempla o barulho dos engasgos que seu marido faz com uma faca atravessada na garganta, ela pensa que não é propriamente como se Frida Kahlo tivesse pintado um de seus autorretratos. Não é uma obra de arte. Soa apenas como um singelo estado de ânimo criativo seguido de um torpor igual ao de não conseguir desenhar mais do que um vaso de rosas.

Mauro Müller não era uma obra de arte. E Tieta sabe. Estava mais para um lento e progressivo perder de forças num corpo gordo estendido num tapete persa que valia menos do que um quadro três por quatro em arte naïf. Um quadro daqueles que você encontra nas galerias do Hotel Globo em uma segunda-feira qualquer. Um dia em que Dom Pedro II, nas dependências do mesmo hotel, já sentiu o calor do centro de João Pessoa. E do qual se evadiu. Assim como Mauro Müller uma vez saiu do batalhão do exército para entregar os planos da intervenção militar contra o governo eleito. Curiosamente, aquela também era uma segunda-feira, mas uma manhã de sol, que é singularmente bonita sobre as águas do rio Sanhauá; com raios de luz que batem no sangue de Mauro Müller e criam uma luminosidade ensandecida e pesarosa, mas também heroica. Algo que nem Van Gogh faria, mas coisa de que Tieta, num arfado, se orgulha.

Batem na porta. Uma voz se ouve pelas frestas.

– Tieta, já terminou por aí?

– Quase.

Ela limpa as mãos, contemplando o seu trabalho. Até tentou limpar, mas estava cansada de empurrar o sangue com o rodo que Bernardo lhe deu com antecedência. Fatigada, Tieta desiste de fazer uma atividade que nunca foi sua e se deita na cama.

– Mas você limpou?

– Eu tentei, Bernardo. Eu te juro.

– Abre a porta que eu limpo.

Tieta levanta e anda com cuidado para não tocar no sangue que percorre o piso xadrez do hotel Independência, até girar o trinco da porta.

– Que maravilha.

Bernardo tinha esse jeito largo e sutil de expressar tristeza.

– A gente tá de luto, meu querido.

Nunca foi de se interessar por jovens de óculos em armação grossa e de voz contralto. Desses que mal concluem um semestre na faculdade e o comemoram dia e noite. Um jovem dedicado que sonha em um dia ser o presidente da República. Não é pra tanto, mas já serviu pra muito.

Tieta é colecionadora de arte e tem uma galeria em Manaíra. Uma das mais procuradas. Do alto de seu salto, ela olha para o rapaz branco, alto e magro, e lembra que Bernardo era um ajudante preguiçoso do general Mauro Alberto Constant Müller, tendo por ele uma devoção mais do que patriótica. Diria mesmo romântica. Não demorou para que os planos dele pudessem ser atropelados pelos seus, ainda mais após o general ter sido empossado como o mais jovem chefe do Estado Maior das Forças Armadas pelo Ministro da Defesa, contrariando o critério de antiguidade para a nomeação. Tudo com o objetivo de comandar o exército num governo de esquerda e suplantar a intervenção que era planejada pelos outros generais, os mais antigos.

– Nós estamos de luto e você não esqueça disso – diz ela, refazendo-se.

– Tá – Bernardo limpa o sangue do general que estava esticado no tapete como um gato dormindo de costas, a faca Tramontina atravessada no pescoço na altura da goela, o sangue preenchendo os ladrilhos sob o sol dourado. – Ele era um herói de estado, coitado.

– Mas até os heróis tem suas tentações.

– Sem dúvida, mas por qual motivo ele foi fazer aquilo?

Tieta abre a janela, saca um maço de Marlboro e vê as chamas do cigarro dançarem seguindo as lufadas de vento que entram no quarto do hotel e esmaecem o cheiro de sangue e perfume barato do general. O quarto, espécie de suíte presidencial do hotel Independência, conserva sofá, cama e decorações em ouro. Uma honraria brega, normalmente ofertada para que líderes de Estado sentissem o mesmo que Dom Pedro II teria sentido no Hotel Globo: um cheiro de naftalina, maresia e traições. Naquele quarto, o mais gordo dos traidores jazia em seus 113 quilos de inconformidade com o estatuto das Forças Armadas.

Bernardo termina de limpar o sangue disperso no piso. O cheiro continua. Tieta olha para o Sanhauá e pensa que nunca nadou nele. Ao mesmo tempo vem uma lembrança viva.

– A morte do leiteiro – rompe Tieta, falando alto.

– O quê?

– A morte do leiteiro.

Bernardo, terminando de limpar o piso, olha e não entende.

– O poema de Drummond, o sangue e o leite formando a aurora.

– A gente tem que pegar o carro e sair daqui a pouco, e você me vem com um poema de Drummond?

Ouvem uma batida na porta.

– Olá? – pergunta Bernardo.

Um silêncio de atravessar paredes e esticar os tímpanos.

– Quem é? – pergunta Tieta.

Ambos aguardam quatro batidas na porta para que alguém entre e recolha o corpo com discrição. Bernardo, suando como um jovem universitário em fim de período, olha para Tieta com seus óculos de armação grossa embaçados. Ela, com um vestido verde em contraste com a luz, termina seu cigarro e estica o ouvido para a batida-senha que retiraria o corpo: três batidas fortes e uma fraca.

Silêncio.

Nada das batidas-senhas.

Bernardo termina de enrolar o general num lençol e olha para Tieta mais uma vez com ar de dúvida e medo nos olhos.

Tieta joga o cigarro fora e atravessa o quarto, passando por cima de Mauro Müller, como fizera estes anos todos e, deixando-se ouvir nos saltos sobre o piso de madeira, abre a porta, lenta e tranquilamente sem qualquer incômodo com o corpo ao centro do quarto. Do outro lado da porta tem um jovem com olhos de gato assustado.

– Vai querer limpeza, dona?

– De que tipo de limpeza você tá falando?

– Limpeza do quarto.

– Não. Obrigada. Vamos sair daqui a pouco.

Ela fecha a porta com resolução e calma. Bernardo, com as mãos na cabeça, deixa a impressão de que ela fez uma loucura. Não era preciso ir longe no pensamento para supor que um homem qualquer das Forças Armadas tivesse esquecido da batida-senha para retirar o corpo, bem como não era de se estranhar que simplesmente tivessem esquecido de ir pegar o corpo ou o fizessem no horário sempre singular dos homens.

– Bernardo, a gente vai precisar sair e deixar o corpo aí.

– A senhora só pode estar louca.

– Eles é que estão. O horário era esse. Eu tive que fazer todo o trabalho pesado.

Mauro Müller naquela manhã tinha comido ovos cozidos, pães, broas, bolo de laranja com cobertura de chocolate. Também se serviu de café e suco de goiaba, mas um café de Angola, porque era de seu costume importar grãos de Angola e de Moçambique e pedir para o atendente do hotel preparar seu café utilizando os grãos que ele levava consigo a tiracolo numa bolsa apelidada pelos colegas do exército de "navio negreiro". Uma faca atravessou a rota do navio negreiro no pescoço de Mauro Müller. Em seu íntimo, Tieta podia chamar a faca de "canal do Panamá", lembrando as obras dos Estados Unidos e das bases militares colocadas para vigiar Cuba, mas a chamou apenas de alívio. Não tinha qualquer lembrança boa de seu marido. Isso tudo além do fato de ter sido um traidor.

É com essas ideias em mente que Tieta termina de fazer as malas com a ajuda de Bernardo, o ajudante de ordens agora exonerado do cargo e reempossado pela generala eleita por ordem de uma facada. Ela se sente agora uma autoridade maior que o próprio Ministro da Defesa. E ambos, malas às mãos, bem arrumados e perfumados, atravessam o quarto banhado em ouro como se Mauro Müller dormisse o sono de pedra das estátuas.

Bernardo abre a porta com receio, ao que Tieta intervém e abre com um supetão: pra quê o medo? O corredor está à meia-luz, iluminado por uma janela ao fundo exibindo a presença do sol que em João Pessoa é causticante. Um sol que, ao longo do dia, é derrubado de vez lá pelas cinco e pouco. Ela lembra disso, olha o relógio e se apressa para viajar.

Os passos de Tieta, num salto alto, se fazem ouvir em uníssono pelo eco do corredor com piso de madeira. Bernardo, com passos vacilantes, a acompanha.

Altiva e sem olhar para trás, Tieta alcança as escadarias e os passos do salto são mais intensos. Cada passo é como o soar de tiros, canhões de guerra. Em um hotel, num dia de semana, não se tem muitos clientes. Eles se deparam com um senhor calvo e arqueado com uma mala em um dos corredores, saindo ou voltando para o quarto, ao que cumprimentam com um boa-tarde típico.

– Você trouxe o mapa? – interrompe os saltos com um puxão em Bernardo, as escadarias já próximas do térreo. – Precisamos dele.

– Claro. Foi a primeira coisa que peguei.

Dois tiros num quarto.

Duas senhoras atravessam as escadas do segundo andar ao térreo correndo. Gritam.

Tieta não se move. Olha para Bernardo: ele desce correndo para o térreo, busca refúgio.

Um silêncio de atravessar corredores.

Lentamente uma porta se abre. Se fecha. Ouve-se o barulho de um sapato no terceiro piso. Pouco a pouco o som dos passos mostra uma aproximação. Ela, em pé, hierática, não move o pescoço senão para acompanhar o movimento do homem que agora exibe sua sombra nas escadarias e passa ostentando um bigode repleto de ódio. Mas os olhos dele se encontram com os de Tieta e precisam dar uma resposta para o fato de só ele vir calmo com seus sapatos mansos, muito embora o cheiro de pólvora o denunciasse e ela conservasse ali, em sua tranquilidade, uma posição de juíza natural, como se perguntasse quem foi o assassinado.

– Vendedor de seguros.

– Eu imaginava.

O homem passa por ela carregando uma cruz no peito da camisa suada e desabotoada até o umbigo. Cristo foi pacificado e também poderá dormir tranquilo. Ela ri. A situação de ter dois assassinatos num mesmo lugar e num mesmo dia faz brotar um sorriso no canto do rosto de Tieta, que lembra ter tomado todo o cuidado de não meter uma bala em Mauro Müller por temer o barulho do tiro nos corredores do hotel. O susto que os hóspedes teriam. O homem se afasta, os saltos do seu sapato retomam o ritmo; ele passa majestosamente pelo corredor do térreo e some feito um fantasma.

Os raios de sol invadem as escadarias pelos vitrais e formam um arco-íris arroxeado nas paredes. O hotel retoma o silêncio de sempre, com o cheiro de naftalina e de antiguidade brega nos azulejos aportuguesados do piso. Devia até ter uma suíte com banheira em um quarto ou outro. É um hotel de cinco andares com portas de madeira escuras e envelhecidas, trincos das portas banhados em ouro, corredores abraçados pela escuridão imantada sob os escassos raios solares; raios que entram amainando o cheiro do mofo escondido pelo incenso, a maresia e o segredo.

– Meu Deus do céu! – é a voz de Bernardo.

Tieta sai de sua contemplação e retoma seu trajeto pelo piso amadeirado até a recepção. Nela, o recepcionista tem a cabeça destruída por algum projétil. Está sentado, arqueado em uma cadeira de escritório, a televisão pequena ligada num programa de auditório do SBT, o pequeno ventilador girando de um lado a outro, a porta entreaberta deixando entrar o sol.

A parede tinha ganhado uma nova cobertura de sangue e de miolos já encardidos pela aridez do tempo. Não tinha sido há dez minutos, mas não passou de duas horas. Mais ou menos o horário em que Tieta cravou uma faca em Mauro Müller e o viu estrebuchar patrioticamente. Podia ter sido há uma hora e meia, como podia ter sido no começo da manhã: ela e Bernardo não saíram para o almoço, e fazia tempo que o general tinha pedido seu café angolano quando Tieta acordou.

– Um bom trabalho – diz ela, calma. – Pelas características.

– O quê? – responde Bernardo, atrás da porta do banheiro na pequena recepção, incrédulo.

– Quis dizer que as Forças Armadas têm um jeito sutil de resolver as coisas.

– Foram eles?

Tieta olha com desdém para Bernardo. O atraso na compreensão dos temas não assustava o general Mauro Müller, mas sempre embasbacou Tieta.

– A gente tava esperando o rapaz para buscar o corpo, teve o tiro no quarto e agora isso. Se não foi uma obra deles, não sei de quem foi.

– Eles virão buscar o corpo.

– É provável que essa fosse a deixa pra nós sairmos sem nos preocupar de deixar o corpo aí.

– E o mau cheiro?

– Aí já não é problema nosso.

Tieta percebe que o recepcionista morto fumava. Pegou o maço de Derby dele no balcão.

– Presente de guerra.

Bernardo não se conforma com a mudança de planos. Caminha de um lado a outro, coçando a cabeça.

– E se as coisas mudarem, e se nada der certo?

– Vai dar.

– Fui na porta do seu quarto às dez da manhã como combinamos, bati às dez e quinze como combinamos, às onze e meia já tinha limpado o quarto e preparado o corpo, pouco antes das doze nós saímos, como marcamos.

– Você é muito metódico.

– É claro, é um plano complicado. O homem é um herói de estado.

– Renegado. Herói renegado. O diabo sabe por quê. Podia ser presidente um dia. Agora tá indo governar os vermes.

– Mas herói, mesmo assim. Coisa que muitos dos mais antigos não foram.

Tieta balança a cabeça negativamente diante da inocência do rapaz. Estica o braço e olha o relógio, doze e meia. O carro ficaria em frente aos correios, dentro da rodoviária, à uma da tarde. Eles tinham meia hora para divergir da intentona nacionalista para depor o governo, mas podiam somente conversar sobre como chegariam em tempo em Nova Brasília para reivindicar as antigas terras do general.

– Você não tá aqui pela intervenção, Tieta. Está por Nova Brasília.

Se Bernardo se julgasse numa posição de ofender, não teria citado Nova Brasília antes de pegar estrada. As terras de Mauro Müller se estendem por toda uma cidade, e ninguém, ninguém que tenha parentes ou amigos das Forças Armadas espera morrer sem alguns hectares de terra em seu nome.

– Toda uma vida servindo a esse gordo, sofrendo e sofrendo, sendo traída e humilhada, e você me vem com Nova Brasília.

Tieta acende mais um cigarro. Sorve. Bernardo, inquieto, não deixa de provocar.

– Tem coisas maiores que o seu umbigo em jogo aqui, Tieta.

– E quem disse que eu não apoio a intervenção?

– Nunca te vi falar sobre.

– Também nunca falei nada contra.

– É o mínimo. Uma isentona.

Tieta aproveita mais um trago do cigarro e se dá alguns segundos para pensar; olha o relógio na parede da recepção, os miolos do recepcionista na parede, duas cáries escondidas entre os dentes na metade do crânio que ficou exposto.

– Você está nervoso. Ansioso. Se acalme.

– É que eu trabalhei três anos para o senhor seu marido e me acostumei a admirá-lo como um herói. O homem liderou o Haiti. Trabalhei nos papéis. Herói de guerra até.

– Você sabia que Hegel estava falando do Haiti quando criou a metáfora do escravo e do senhor?

– Quê?

– Da independência do Haiti.

Tieta mata o tempo como quem encontra espaço entre os minutos para terminar sucessivos cigarros. Bernardo, em sua galhardia opaca, não manifesta ou sente medo de se arriscar a mostrar quaisquer sinais mais cinzas de sua personalidade, de desvio de caráter ou de opinião. A postura dele sempre correta, formal e jactante provoca enjoos frequentes nela. Ela lembra que Mauro Müller começou assim: um militar admirador das marchas marciais, da postura cervical e do respeito à burocracia. Bernardo, em sua jovialidade senil, seguiria um caminho semelhante?

– Você quer um cigarro?

– Não fumo, não, senhora.

Tieta pensa no “não, senhora” e sorri.

No silêncio que se faz, com Bernardo ainda evitando olhar o crânio do porteiro pela metade, Tieta tem dificuldade para pensar que as Forças Armadas tenham esquecido deles dois. O senhor calvo, o cara dos tiros, talvez não as mulheres gritando, eram todos homens dos milicos. O caminho estava livre; livre como uma estrada recapeada para andar pelas veias abertas dos interiores.

Mas Bernardo não estava livre de imaginar que Müller era, na verdade, um líder; que mesmo sendo um traidor da intervenção não merecia uma morte tão violenta; que, e isso a espanta, ele pode até sentir culpa porque o general, exatamente como os ratos do hotel, talvez até sentiu dor.

Neste instante, ao sorver o segundo cigarro, Tieta imagina se Bernardo não seria uma mala pesada demais para carregar na viagem.

– Eu não penso só em Nova Brasília – confessa Tieta, saindo do silêncio e olhando as horas: doze e quarenta e cinco. Quinze minutos para pegar o carro.

Bernardo faz um olhar de arrependido por ter iniciado a discussão, ao que Tieta, terminando o cigarro, continua:

– Só nós que somos mulheres destes caras sabemos o quanto sofremos não só nas mãos deles, mas também das corporações. Muitas se vestem de santas porque querem segurar um marido de olho na pensão. São muitas. Você que é jovem, é homem, pode imaginar que é uma decisão simples. Mas qual mocinha que vem da periferia não queria ser chamada de mulher de general? De ter a chance de estudar, de crescer, de se vestir bem?

Bernardo continua seu silêncio atento, ainda evitando as cenas da recepção.

– São coisas que você nunca saberá – ela sorve o cigarro. – Eu vim de Sertões Novos, que depois virou Nova Brasília. Cidade pobre que, eu espero, agora ficou rica. E lá tá nossas terras. Construíram uma universidade. E lá estão nossas terras. Quiseram ocupar. E lá estão nossas terras. O seu herói, depois de anos me traindo, não só com as Forças, me bateu e fazia parecer que a santa aqui devia aguentar tudo em nome do juramento à bandeira.

Tieta bate com a carteira de cigarros na mesa.

– E por mais que hoje ele seja um herói pros dois lados. E é isso que você não tá vendo. Ele é herói pras Forças pelo Haiti e por tudo mais, mas também é herói pra esquerda pelo governo eleito, por tentar suplantar a intervenção e tudo mais. Caiu. Ele, o governo, o Haiti, o tudo mais. E eu continuo aqui. Em pé, nestes anos todos. E de agora em diante sou eu comigo.

Mais uma pausa: o cigarro, o relógio.

– Intervenção por intervenção, essa é a minha.

Tieta e Bernardo saem do hotel com as duas malas carregadas pelo rapaz que, ao sol do meio-dia, aparenta se apresentar ainda mais magro. A rua calçada com pedras expostas faz uma curva em declive para a rodoviária, que os dois atravessam sem se abalar ou esperando que alguém os siga. Tão grande era a certeza de Tieta de que o recepcionista e os incidentes no Hotel Independência foram obras das Forças que ela não pensou que alguém ousaria segui-los até pegarem o carro. Para uma segunda-feira de deposição de governo, a rodoviária tinha pouca gente.

Ambos se aproximam dos correios dentro da rodoviária e veem um Fiat Fiesta preto estacionado. Se for mesmo verdade o que disseram na véspera, uma vez que ambos não podem portar celulares para não serem seguidos, o carro estaria com as portas abertas e uma chave na ignição à espera.

Tieta confirma o plano: o carro, a porta, a chave, tudo conforme o combinado. Despacham suas malas no porta-malas e conferem ao redor. Bernardo, por medo; Tieta, pela brisa do meio-dia. Afinal, entre as pessoas bem que poderia ter um leiteiro, como no poema do Drummond, mas sua morte não seria tão bonita quanto a de um general cujo sangue no piso amadeirado, aos reflexos de uma mobília dourada, deixou impresso no chão duro a imagem de uma manhã digna de aplausos.

***

Mauro não era nenhuma obra de arte. Porém, uma segunda-feira de manhã sempre é mais bela se você amanhece com uma Frida Kahlo embrulhada no sofá. Um presente. Foi o que Tieta imaginou ao ver o quadrado embrulhado em papel fosco amarelado. Só podia ser um quadro modernista que irritava Mauro, mas que ele comprava a contragosto, por saber que ela gostava.

Ela se levanta, se espreguiça, deixa cair sobre o corpo o roupão de seda; o quarto de ambos, na casa de verão de Cabedelo, oficialmente asséptico, permanece falso.

As duas Fridas. Um quadro que para ela soa como uma provocação.

As duas Fridas sentadas e olhando para quem as olha, vestidas com roupas diferentes, atravessadas por uma artéria ligando o coração exposto de uma e de outra, uma dupla identidade, uma divisão, um sentimento. Frida, neste momento, padecia de um divórcio necessário com Diego Rivera; uma das Fridas, não por acaso, tem um retrato do pintor mexicano na mão esquerda.

Sem costumes diurnos, Tieta se vê mais desperta ao analisar a tela. Um mimo. Não era com aquilo que Mauro lhe compraria. Ela deixa a tela em um canto e vai até o armário vestir uma roupa social. Desce as escadas do casarão e se depara com duas empregadas fazendo o serviço da cozinha. Elas parecem interligadas por uma longa e silenciosa artéria. Como o quadro.

– A senhorinha já acordou? – uma delas se surpreende ao perceber Tieta se aproximando com um olhar sonolento.

As janelas intensamente abertas davam um desconforto aos olhos de Tieta, acostumada com a translucidez. Ela se aproxima das mulheres cozinhando o que percebe ser o almoço. O café estava pronto, mas já frio. Forte, nunca suave.

– O seu Mauro saiu para se reunir com os outros comandantes.

– E a que horas ele volta?

– Ele não deixou nenhum aviso.

As duas empregadas caminham de um lado a outro, sincronizadas. O que uma faz, a outra repete. Sentada na mesa da cozinha, Tieta observa ambas se deslocando em diagonais proporcionais de um lado a outro. Era como se visse uma performance, sem saber ao certo como elas tinham combinado aquilo e por que andavam e cortavam cebola tão sincronizadas.

Pela janela, o sol some. Nuvens. Muitas nuvens. Uma tempestade se aproxima.

As duas empregadas continuam trabalhando do mesmo modo: o corte na cebola é o mesmo, de um lado e outro. O movimento do braço é o mesmo. A expressão de rosto não muda. Tieta as acompanha, mexendo os olhos.

Começa uma chuva forte, incontrolável.

No silêncio com que a empregada se dirige para fechar a janela, a outra olha bem nos olhos de Tieta, como se tivesse a atividade interrompida em sua sincronia pelo desviar da atenção da outra.

– A senhora me permite uma pergunta?

– Pois não.

– Quantas horas a senhora dorme?

– Não sei, nunca contei.

A carne no fogo começa a borbulhar. Um cheiro férreo e ambíguo, entre o doce e o amargo, sai da panela. Tieta aproveita o corte brusco na conversa produzido pelo som da fervura para ver o que as duas empregadas cozinhavam.

Um coração.

Tieta, curiosa, pega com a colher de pau e traz o coração para si. E, sim, era um coração humano. Estranhamente ainda latejando, como se bombeasse sangue. Como se tivesse sido retirado do corpo ainda há pouco. Uma presença chega por trás. O coração cai de volta na panela.

– A senhora sabe que a gente não dorme? – pergunta a empregada, chegando de surpresa por trás de Tieta, que se vira e vê os olhos fixos, impositivos.

– Não. Seu Mauro não dá folga?

A empregada ri. Os olhos dela fixos, numa ambivalência instalada entre a benevolência e o ódio.

– Olhe para a cozinha – pede a empregada.

Tieta olha ao redor e vê a cozinha dividida em duas cores. Uma metade está verde, a outra vermelha. Como se uma luz viesse de cima e as iluminasse nesses tons na escuridão das janelas fechadas. Lá fora, a tempestade se faz ouvir.

– Ninguém aqui dorme – repete.

– Por quê?

A outra empregada se aproxima, traz uma tesoura nas mãos. Seus olhos fixos, empertigados com o diálogo, se aproximam e ela entrega o objeto. Tieta olha para a pequena tesoura longilínea e pergunta com os olhos o que faria com ela.

– Ninguém aqui dorme – repete a outra empregada.

Tieta se sente ameaçada. Uma e outra dos dois lados, a cozinha em duas cores, a tempestade. Quando acordou, não sentia o cheiro da carne; não tinha ainda tomado seu café; não percorreu a casa para procurar Mauro, como no início da paixão ela ainda fazia; não tomou seu primeiro banho do dia. Quando acordou, esperava encontrar as duas empregadas trabalhando na limpeza da casa, não fazendo o almoço; o café estava frio e sem grandes novidades.

– A senhora veio do interior, mas a senhora veio diferente. Nós viemos só pro trabalho. Como retirantes.

Quando acordou, Tieta não esperava olhar para a cozinha e ver a antiga casa onde morou: tijolos aparentes sob a argamassa de tinta, o fogão velho, a geladeira antiga. Não esperava ver o pai lhe ameaçando com uma faca, ela ainda criança. Não esperava olhar para a cozinha bicolor e encontrar a mãe chorando em um canto. Nem sequer parece que um dia um jovem oficial do exército chegaria pedindo sua mão em casamento ao pai, na mesma cozinha da violência, das ameaças, do desânimo com a vida.

– A senhora pode nos libertar? – pergunta a empregada.

Tieta se refaz, chora, olha para baixo. Da panela, o cheiro da carne sobressai intenso, inebriante; um cheiro incômodo para Tieta, mas não para as empregadas. A tempestade recobre a casa com pingos no telhado que se fazem ouvir em profusão. As janelas estão fechadas. A luz na cozinha volta ao normal. O olhar das empregadas perde o brilho do ódio e se refaz em uma candura serviçal.

– A senhora pode nos libertar? – repete a outra.

Diante da luz, Tieta percebe que as empregadas têm vestidos diferentes. Uma com um vestido seu muito caro, outra com o avental de empregada que sua mãe usava na casa de onde ela veio. Entre elas, entrelaçando-as como se fossem um só corpo, uma artéria saindo do nariz de uma e entrando no nariz da outra; ainda sob o cheiro de carne intenso e agora fumacento, como se o coração queimasse e este não mais borbulhasse porque a água secou, Tieta percebe as artérias e as olha com curiosidade. Percebe que a artéria entra e sai do nariz de uma das empregadas e se estende pela casa, pelos móveis, pela cozinha, pela panela e a entrelaça. Os olhos das empregadas vão da candura serviçal à súplica intensa.

Olhando para a artéria que une as duas, que entrelaça toda a casa e a si mesma, Tieta rompe em choro. Como a tempestade, as lágrimas caem estrepitosamente sobre o piso. Uma liberdade conquistada não no esquecimento, mas na memória. Sob os olhos sequiosos das empregadas, o cheiro fumacento de carne, a tempestade, a luz, o choro, Tieta olha para a tesoura longilínea e pequena em suas mãos.

Não precisa dizer mais nada.

***

O sol não se esconde. O último antes da viagem.

Tieta acorda e encontra Mauro Müller vestido com roupa de general, fazendo as malas para mais uma viagem ao Haiti. Parece, em determinado momento, entre o sono e a vigília, que não foi preciso sequer ele dizer para onde iria para ela saber que mais uma vez seria o Haiti.

– Ah! Você acordou.

– É. Tive um pesadelo. Mas já passou.

Ela recupera aos poucos o ânimo, o gosto pela vida. Tem dificuldades para acordar.

– Me pegou de surpresa, eu ia sair antes de você acordar e deixar um bilhete com uma das empregadas.

– Que pena que não saiu.

– Falando assim até parece que você gosta que eu vá, que eu gosto de ir.

– Eu acho que o Haiti tem sido mais a sua casa do que esta daqui.

– Tem mais semelhanças entre esta casa e o Haiti do que você imagina – ele responde, sorridente. – Não que não seja um país bonito, se bem que aqui também temos um país bonito.

Tieta estranha o ar enigmático das palavras dele.

– São missões que as Forças não me fazem deixar barato, ficar muito tempo longe – continua, tentando passar confiança.

Num lapso de memória, como se os neurônios acordassem logo, Tieta pôde imaginar que foi no Haiti que Mauro Müller se condoeu do governo eleito e da aventura golpista em que estavam empenhadas as Forças Armadas. Talvez ele realmente achasse o país bonito.

– E quanto tempo você pretende passar? – pergunta.

– É inestimável.

– E eu fico aqui à sua espera? Não posso ir também?

Tieta se levanta. O quarto organizado, as janelas abertas, o sol intenso, uma sensação de incômodo no silêncio. Os olhos de ambos, ela percebe, já não se comunicam mais.

– Na verdade, eu preciso pernoitar em um hotel antes de ir. Tenho uma reunião nas proximidades da rodoviária. Preciso levar uns documentos. Coisas do presidente – diz ele, meio sem jeito. – Você entende, né?

– Certo. E você pega o voo a que horas?

– Durante a noite, de madrugada.

O general tinha uma tatuagem escondida um pouco abaixo do pescoço. De origem interiorana, como ela, Mauro Müller cresceu no tiro de guerra do oeste do Paraná. Devido às proscrições a que os aspirantes a maiorais têm que passar no exército, uma série de humilhações, hierarquias e missões foram surgindo para que o jovem mostrasse a que veio. É na tatuagem que se vê o Mauro Müller ainda adolescente, o sonhador filho de uma família mediana e aspirante a um cargo importante. Aquele que cortou seus sonhos um a um. Até a surpresa de vê-lo com o indício de alguma simpatia pelo povo do Haiti. Será que os sonhos voltariam aos poucos?

– E como está a situação por lá? – pergunta ela.

– Controlada. Mas ainda difícil.

Tieta se senta no sofá do imenso quarto, observa-o procurar as camisas que pretende usar no exterior, as insígnias, os apetrechos servidos de enfeite para uma pretensa superioridade sobre os subalternos. Exatamente como neste país.

Se nada tinha sido fácil para Mauro Müller, menos ainda foi empregar sua riqueza comprando as terras de onde Tieta veio. Nova Brasília, construída sob os escombros de Sertões Novos. A população toda obrigada a migrar. De todo jeito, essas terras eram seu troféu. Uma cidade inteira crescida sobre as terras que Mauro Müller comprou. Um lugar para ser feliz e despir-se das preocupações de levar paz onde se cultiva a guerra. A seca, a fome. Um lugar a que Tieta haveria de voltar para tomar posse e reclamar um direito que sempre foi seu.

– O que você sabe sobre o Haiti? – pergunta Mauro, após um silêncio longo olhando para as paredes.

– Menos do que eu poderia.

– Logo que cheguei, na liderança do general Sampaio, vi um corpo de um menino muito pequeno descarnado por furos de balas. Ele era arrastado pelo chão e deixava um rastro de sangue. Os chinelos em petição de miséria. Soldados tinham feito aquilo.

– Talvez ele tenha tido o que merecia – comenta Tieta, saindo de um torpor do amanhecer e largando-se no sofá que ladeia a cama. Ela sabia que, naquele momento, podia soar irônica. E, afeita aos testes verbais muito frequentes em uma relação de anos, o comentário soou como uma espécie de régua para mensurar a aparente crise moral pela qual passava o general.

– Como assim tenha merecido? Era uma criança!

– E isso já não aconteceu tanto por aqui? Um rapazinho levando um rifle que pesa mais do que o corpo dele?

– É diferente.

– Por quê?

– Estamos em nosso próprio país. Nossa história é essa. Sempre foi assim.

– E por isso se justifica?

Ambos se aproximam nos olhares como há anos não fazem.

– Esse povo decretou sua independência no século dezoito – continua Mauro, assumindo um tom ridiculamente professoral. Ela nota e o despreza com o olhar. Ele, Mauro Müller, um militar em crise, péssimo marido, traidor compulsivo, agora teria uma crise de consciência?

– Nós somos os intrusos – continua.

– Mas não foi sempre assim?

– Como assim?

– Aqui os estrelas-nos-ombros sempre se meteram em tudo.

– Mesmo assim, um menino metralhado, um povo sofrido, lutou pela independência. Sabemos que também lutamos. Mas eles, ali, estão tendo que lutar de novo. Vi gente nossa e gente de fora estuprando, matando, pilhando. A pacificação da guerra não é uma colônia de férias. Aprendi que militar é coeso, obediente, cioso. Aquilo não foi o que eu aprendi – ele se interrompe, percebendo-se exaltado. – E tem muita gente boa que pensa como eu.

Tieta cai para trás no sofá com uma risada.

Mauro Müller joga as roupas na cama, com um visível desconforto. Sua careca nunca tinha sido tão reluzente com o sol que entra pela janela. Não seria agora que mais uma vez levantaria a mão para Tieta. Suas convicções se deixam sentir nos olhos, mas também nos lábios, pois Mauro Müller tem uma curiosa mania de inchar a boca e os lábios ao ficar com raiva.

– Me desculpe. É que eu nunca vi isso vindo de você.

Mauro se senta na cama com um olhar vago para o chão. Iria chorar? Seria novidade. Tão imersa estava em discordar, humilhar e resistir às investidas verbais e físicas do marido que uma cena de choro era para se parar e contemplar.

Ficam em silêncio. Até Mauro, após um discreto ruído de choro interrompido, tentar retomar o diálogo com uma voz embargada.

– A gente não devia estar lá.

Tieta recompôs-se.

– Era pra ter sido seis meses e já dura 12 anos. Era pra ser pela gente lá daquele país, não pelos outros. Era pra ter sido uma rede de apoio pra paz, não um videogame de conquistas e prêmios. Era pra ter sido uma solução, não uma cólera. Era pra ter sido...

– O Rio de Janeiro?

– Bem melhor que isso – ele se refaz com a comparação.

– Lá tem muita gente preta e pobre como no Rio – continua ele. – E exatamente como no Rio, algumas tropas tratam esse povo preto e pobre como inimigos. São os primeiros a pegar em armas se quisessem fazer uma revolta.

– E aí?

– Atiramos antes.

Tieta não demonstra surpresa, mas ainda quer saber o que houve de mais importante por lá.

– Essa missão só tem servido para inflar os egos de muita gente. De fazer o exército se sentir novamente dono de alguma coisa com o país entregue pros opositores. A gente tinha responsabilidades, mas, como é praxe pros defeitos, lavamos as mãos. A missão não tinha que se deixar levar por ordem dos americanos.

Mauro recomeça a arrumação da mala. Sente estar falando demais.

– E além de tudo, Aristide foi eleito – continua.

– Quem?

– O presidente que foi deposto.

Tieta lembra que sonhou com Nova Brasília. Em ter uma fazenda com diversos trabalhadores pretos que estavam desocupados pela região. Em ter uma produção expansiva de leite de cabra, produzir queijo, vender para o exterior e, quem sabe, passar quinze dias a cada dois meses na França. Sair do Brasil e das memórias. Até porque é lotada destes sonhos que ela percebe que Mauro Müller está cada dia mais distante, cada dia mais afastado, cada dia mais com esse peso que carrega nos ombros. O peso das estrelas. Um peso que precisa ser retirado de suas costas. E neste momento, ela pensa como o mataria, se com uma arma branca ou com arma de fogo. Se de dia ou de noite. Se dormindo ou acordado.

– Teve um colega que se matou – comenta Mauro, numa disposição ao diálogo poucas vezes vista.

– Quem? Como assim?

Tieta estranha não ter havido notícias.

– Um colega nosso. Se matou. Acharam no quarto do hotel.

– Por que não foi noticiado? Não teve enterro, nada?

– É informação confidencial pra não atrapalhar a missão e não desanimar os soldados.

– E se matou por quê?

– Quem sabe? O clima, o sol, a violência. Não é você que ouve Caetano, luz de Tieta?

– Eu pensava que o código de conduta rígido de vocês incluísse não morrer.

– Muitas vezes é uma aula de cinismo. Aprendemos todos os dias que as regras são fluídas desde que pareçamos obedecer a regras e projetos maiores.

– Não é como o ser humano é, todos os dias?

– É pior. O ser humano não anda armado, com colete e contrato firmado pra ocupação de outro país.

Mauro faz uma pausa. Neste momento, ele tem certeza de que poderia ter falado demais.

– E não tem resistência?

– A missão faz vista grossa pra tudo. Compra de votos do atual presidente. Corrupção, repressão. A população com fome, miséria, até sede. Rios contaminados. Precisavam mais de tratores agrícolas do que de tanques de guerra. E tem soldados que matam, estupram, roubam, concordam, obedecem, e matam, estupram, roubam. Um horror.

– Por isso o colega se matou.

– Não posso dizer que foi por isso, ou se ele já levava daqui algumas cargas que não conseguiu suportar por lá. Uma das piores sensações pro comandante é não ver uma tropa cumprindo suas ordens. E eu sei que há pessoas boas, mas essas pessoas também sentem medo. Medo de serem boas.

– É o peso das estrelas, mas você não está reclamando.

– Talvez não esteja.

Tieta se decide por uma arma branca enquanto consegue sentir um primeiro sinal de simpatia por Mauro Müller. Suas considerações sobre o golpe no Haiti são tão caridosas quanto hipócritas. Ou seria realmente a condolência de um general democrata? Não gostaria de ter que matar um herói nacional, o cara que destituiu um presidente às ordens de seu superior num outro país, um cara que conseguiu liderar 60 homens numa empreitada contra 100 guerrilheiros. Mas, sem dúvida, era mais fácil matar um cara que, a pretexto de um exame de consciência de origem desconhecida, tenta sabotar os planos das Forças Armadas para destituir um presidente eleito em seu próprio país. Sim, é sempre mais fácil matar um traidor.

– Eu não quero que você pense que eu sou um marechal Lott – diz ele.

– Mas sempre me pareceu que você o venerasse.

– Venerar é uma palavra forte. Acho bom pararmos o papo por aqui.

Ela sabia o que um silêncio sobre o cara que atrasou o golpe militar no Brasil em alguns anos significava. Ou seja, aparentemente Mauro não apoiaria nenhuma tentativa de intervenção militar no seu país de origem. Muito menos tendo visto uma amostra do que houve com os haitianos.

Enquanto eles se aproximam nos olhares como não acontecia em anos, Mauro Müller termina de arrumar suas malas, ajeita as estrelas nos ombros e solicita ao motorista, por mensagem, que as viesse buscar. Um senhor preto e de barba branca adentra o quarto minutos depois, pede licença, pega as duas malas com certa dificuldade e as leva para o carro.

– Então, você quer pernoitar no hotel comigo? O que é isso, uma despedida? – pergunta Mauro.

– Quero. É algo diferente.

Tieta se levanta e começa a procurar suas malas. Olha para a janela e a luz que invade o quarto mostra um general sorridente. Quem sabe por voltar para um lugar em que ele não queria estar, e o alívio, por não aderir a uma intervenção militar semelhante à que houve no Haiti. Afinal, um golpe de estado é uma expressão forte. Sempre foi. Aí eles fazem de tudo para encontrar sinônimos possíveis. Revolução, intervenção, intentona. Este último se torna engraçado porque enuncia apenas uma intenção. Não a concretiza. Talvez neste sorriso ambíguo Mauro tenha lembrado que estaria prestes a receber o comando do exército e poderia enquadrar toda a tropa. Enterrar o golpe. Quem sabe estivesse com outra mulher. Tieta se diverte com as conjecturas.

– Luz de Tieta é do Caetano? Acertei? – pergunta Mauro.

– Acertou.

Sim, ela o mataria com uma arma branca.

***

Houve um terremoto no Haiti. E isso diz muito sobre a natureza dos buracos.

Existem variações de buracos que se abrem sob nossos pés. Alguns se abrem por ação humana, como as covas que os soldados cavam no Haiti para enterrar os corpos atravessados pela violência; outros se abrem por intempéries físicas, como as voçorocas, que estão se espalhando estranhamente por uma área do sertão.

No rádio, um geógrafo descreveu as voçorocas como buracos formados por artérias. A água pinga sobre o solo e se sedimenta em um bolsão ao fundo. Esse bolsão cria um rio embaixo da terra. Esse rio corrói a terra em seus interiores e implode tudo que tiver por cima. Ao ouvir a palavra artéria, Tieta remeteu imediatamente ao seu sonho, ao quadro das duas Fridas.

Ela já se encontra no hotel. São 17h. Mauro Müller estaria reunido com ministros de estado para definir a intervenção federal sobre as áreas invadidas pelas voçorocas que estão comendo o alto sertão, parte do Ceará e chegando ao Piauí. Reunidos com geógrafos, não havia uma explicação para eles sobre o que diziam ser tamanha voracidade da terra sobre os homens. Era preciso evadir a área. Custe o que custar.

São 17h15 e Tieta interrompe a leitura de um livro, olha o relógio e sente uma brisa marítima lembrá-la de quanto tempo ficou sem falar com seu pai, sua mãe, sua família. Todos já mortos. Desde que deixara o sertão para acompanhar o jovem oficial do exército, a família se tornou apenas uma lembrança; ora ligações distantes para contar as notícias novas, ora mensagens de celular para apresentar novos netos, primos e sobrinhos. Tieta, distante e sem filhos, não tinha assuntos para tratar.

Batem na porta.

Ela se levanta, abre e se depara com Bernardo limpando os óculos e trazendo uma carta que ele até pensou em passar por baixo da porta, mas preferiu olhar uma última vez para Tieta e saber se estaria tão nervosa quanto ele depois de acertado o plano.

– Será com uma faca – diz ela, sem dar boa noite.

– Tieta, o homem é alto e gordo. Pode não morrer. Gritar.

– É meu sonho.

– Certo, por sua conta e risco.

– É claro.

– O alto comando já está sabendo. Vão evacuar a área, dar cabo do corpo, conseguir o carro e proteger a viagem.

– Muito generosos.

– Já escolheram quem vai ser o presidente interino depois da intervenção.

– Quem?

– Descartes, o mais velho.

É comum que as esposas de generais saibam, pelas esposas de outros generais, quem são aqueles que se escondem por trás dos broches e das estrelas. Os muito argutos e os pouco inteligentes; os covardes e os corajosos; os ousados e os cautelosos; os legalistas e os fingidos; os dissimulados e os verdadeiros. Tem de tudo. E nessa categoria, sabendo que Descartes era do tipo muito arguto, ela confia que a viagem será como se feita em um tapete vermelho em direção a Nova Brasília.

Tieta ainda imagina que não podia haver melhor conjuntura. Se na política tudo são tempos, aqueles eram propícios para facadas na garganta. Ninguém, afinal, trai as Forças Armadas impunemente. E embora não estivesse totalmente convencida de que os planos dos generais eram os melhores, os seus eram de reaver Nova Brasília contra qualquer integridade que as cartilagens do pescoço de Mauro pudessem ofertar no encontro com uma faca Tramontina das mais afiadas.

– Descartes é dos mais confiáveis – afirma Tieta, saindo de um estado pensativo diante da porta.

– É um herói. Lutou no Haiti antes do general Mauro.

– Foi o primeiro?

– Sim. Passou 2 anos. Dirigiu como um trator cerca de 100 homens por cima da resistência. Tem muitos relatos dos seus feitos.

– Não me conte.

Tieta se afasta para que Bernardo entre. Ele olha o quarto e vê que as malas dela estão quase feitas, a janela aberta dando passagem a uma brisa marítima, o livro de Tieta repousado em um canto na mesa.

– Vai ser aqui?

– Vai.

– Um dos comandantes recomendou que você o levasse para uma área maior. Pode ter luta.

– Eu me viro.

– Vai querer ajuda? Posso vir mais cedo. Não sei. Arrumo uma desculpa. Era ajudante dele.

– Só venha na hora combinada para me ajudar com o corpo.

Bernardo se senta sem jeito na cama, coça os joelhos, demonstra estar visivelmente nervoso.

– Por que você está envolvido nisso? – pergunta Tieta, indo para a janela e puxando um cigarro.

– Eu quero salvar o país.

– Mas vai salvar o país matando seu antigo chefe?

– As circunstâncias o fizeram um traidor.

Tieta nota o lado passivo na frase: o fizeram. Como se ele não tivesse, por sua livre e espontânea vontade, feito nada.

– Por quanto tempo você serviu ao exército, rapaz?

– Minha vida toda.

– Esteve no Haiti?

– Só de passagem, serviço burocrático. Coisa de uma semana.

– E agora quer se especializar em algo?

– Engenharia, pra ajudar na estratégia.

Tieta observa o rapaz coçar os joelhos, não sabendo se estava com medo de algo dar errado ou do chefe o flagrar com sua esposa num quarto de hotel.

– E isso tudo te satisfaz?

– Eu penso que sim.

– E por que não pender para o outro lado, evitando um golpe?

Tieta percebe que tocou na palavra proibida, mesmo sabendo ser proibida.

– Não entendemos como um golpe, é uma intervenção legítima – ele fala olhando para Tieta, estranhando o uso da palavra e ignorando a pergunta.

– Foi só uma provocação. Tem quem fale assim.

– E não merece ser escutado.

Não havia ali qualquer indício de sentimento ou de vontade sexual. Bernardo se mostrava tão sério no trato e nas palavras que seria como transar com uma viga de ferro, um tanque de guerra, um blindado Guarani. Era assim que Tieta, entre um cigarro e outro, pensava nos soldados.

– Você ouve notícias do Haiti?

– Tem como não ouvir?

Ela nota um sorriso singelo em seu rosto, nascido de alguma lembrança de cornetas e metralhadoras falantes.

– E as crianças pretas mortas?

– Numa guerra sempre tem baixas.

Batem na porta.

Neste momento, Bernardo se encolhe entre seus joelhos, mas se levanta de vez e fica rodando no quarto sem saber o que fazer. Tinha medo do general.

– Entre – ordena Tieta sem olhar para a porta, com um cigarro na janela, diante dos olhos incandescentes de Bernardo.

Era o comandante da operação. Um homem calvo e de fala tranquila semelhante a de um locutor de rádio à meia-noite.

– Vim avisar que o general Mauro já se encontra voltando para o hotel.

– Obrigada. O senhor é quem?

– Comandante Cid.

– Vai auxiliar no trato de tudo?

– Estou aqui para isso, senhora.

– O carro está pronto?

– Estará em frente aos correios às 13h.

– E a assistência?

– Também.

O comandante acena para Bernardo, que devolve com um aceno desconcertado. Sem muitas palavras ao observar Tieta em estado de tranquilidade numa janela, o comandante se preocupou bem mais com Bernardo. No seu desconcerto juvenil, possivelmente tenha ofendido algum brio do militar com seu comportamento. O comandante, afinal, só tinha ido dar um recado.

– Acho bom você me acompanhar – disse o comandante para Bernardo.

Não se sabe se os olhares que ambos trocaram pressupunham algum tipo de risco. Pareceu a Tieta que o pedido de recolhimento de Bernardo foi uma medida cautelar. Contra o quê? As preocupações e os hábitos da caserna soam para ela tão ridículos quanto uma suposição maior sobre Bernardo. Mais amante da pátria do que de qualquer mulher.

Ele se despede com um aceno para ela e acompanha o comandante. A noite seria longa. Tieta sai da janela e percebe algo em um canto do quarto, junto de algumas malas e de outras coisas que Mauro, a pretexto de pedidos alheios, levaria para o Haiti. Ela nota um objeto quadriculado e fino, todo empacotado e escondido no vestuário.

Um quadro.

Sem se perguntar o porquê de Mauro levar para o Haiti um quadro, não sabendo ainda se seria um presente de despedidas ou o regalo de algum outro general a um outro comandante, ela abre, sem cerimônia, a embalagem que o recobre.

Tem cores berrantes, formas retangulares, um carro ao centro.

Brega. Muito brega.

Deixa de lado. O quarto do hotel em detalhes dourados parece a morada de um rei. E como nas tragédias da monarquia, o rei podia ser degolado. Acontece que, para ela, Mauro já tinha sido degolado. Por si mesmo. Pelas inquietações, o sofrimento, o remorso. O Haiti. Tudo isso servia como um violento algoz de capuz negro que fazia descer impunemente sua foice sobre a cabeça do general traidor. Sim, um general que entregava os planos das Forças, por uma suposta consciência em que nem mesmo a adolescente mais democrática acreditaria. Manchando, como uma gota de sangue numa farda branca, vários planos. Um remorso que o levaria a um suposto lapso de legalidade. Era uma história ainda mais inacreditável que a dos soldados do Haiti. Mas nesta história não havia heróis, apenas seres humanos. Ou que se querem humanos. Ou que se tornam. Ou que se temem.

O quadro é *O Dinamismo de um Automóvel*, de Luigi Russolo. Ela podia analisar, mas não quis.

***

Uma ferida. Não há mistérios em feridas: um corpo foi devassado por outro corpo. Geralmente sólido, diuturnamente vil. Elas sempre ocorrem por descuido, por automutilação, por intenção de outrem ou por misericórdia. Sim, misericórdia. Uma ferida também é um buraco. Uma vez que o corpo íntegro foi invadido por um objeto cortante, um objeto balístico, um objeto sólido o bastante para profanar a integridade de um corpo, tem-se aí uma ferida.

Enquanto os pesquisadores não encontram uma razão crível para entender o que é uma voçoroca comedora, sustenta-se entre um deles que as voçorocas são feridas causadas por intempéries, por alguma ação pluvial e de outras ações erosivas. A chuva vem e vai comendo o interior do solo. Acontece que, até aquele instante, ninguém sabe ao certo que motivo levaria uma voçoroca a ser um buraco que come cidades, prédios, pessoas, por conta própria.

A voçoroca é uma ferida. Mas não necessariamente uma ferida causada por agentes externos. Como na implosão de um prédio, a voçoroca come a si mesma. É feita de terra, de areia, de solo. E se devora, como uma bactéria violenta que invade um corpo e passa a se reproduzir no seu interior, gerando feridas imperceptivelmente orgânicas porque são vistas apenas pelos olhos microscópicos de uma criatura tão pequena que o olho humano, sem uma boa lente, não enxerga.

Até agora, segundo as notícias, não se descobriu nenhum verme ou organismo vivo por trás das voçorocas que exija a presença do exército, da intervenção federal, da intentona militar ou de um golpe de estado para dar cabo delas. As voçorocas simplesmente existem, segundo os pesquisadores, em sua incompreensão tácita.

Não há vermes, não há fungos, não há nada.

Apenas voçorocas.

Tieta pensa em tudo isso, no silêncio do quarto, enquanto aproveita a ceia de Mauro Müller para cravar uma faca Tramontina no pescoço do general. Exatamente no intervalo entre uma broa de milho e o café importado de Angola. Enquanto ele provavelmente pensasse que aqueles dias seriam para eles uma chance de aproximação.

CAPÍTULO 2

DESTINO MANIFESTO

O pai de Tieta, no fim da vida, era leiteiro. Daqueles que bem poderia ter sido recebido com um tiro na cabeça em madrugadas em que se chega com a garrafa de leite para deixar na porta de uma casa em festa. Uma casa cheia de gente ruim. E ele um trabalhador que acorda todos os dias às 4h da manhã e busca leite com o companheiro criador de vacas para deixar nas portas dos homens ricos do sertão. O país tem sede, o país não tem leite: é preciso entregá-lo cedo. "Sem barulho, pois barulho nada resolve", ouvia ele dizer, mas com suas próprias palavras.

Mesmo policial militar reformado, o pai de Tieta não era dos melhores. Bebia, batia na esposa, tinha amantes sabidas por todos na antiga corporação e por ninguém dentro de casa. Ou pelo menos assim ele entendia. Não era verdade. Entre uma bordoada e outra dentro de casa, as estrelas nos ombros pesavam mais do que uma noite de farra. O juramento à bandeira era maior do que qualquer noção de família, carinho e amor aos filhos. As desculpas eram para Dom João VI, para a bandeira, para a corporação, não para a esposa. Ao fim, já aposentado, se tornou vendedor de leite.

Muitas vezes Tieta pensou em matá-lo. Ela ausculta seus botões enquanto Bernardo segue no volante para Nova Brasília e pensa que, se o tivesse matado, não teria conhecido Mauro Müller, que muitas vezes se reconhecia como uma figura paterna diante dela. Presentes, mimos, lembranças. Medalhas de missões que ele trazia como um pai orgulhoso de ter ganhado mais uma. Mas deles não brotou nenhum filho ou filha, nenhuma nova pensão para a previdência social se desdobrar em pagar por décadas. Por ironia do destino ou sorte da previdência, a esterilidade dele caminhava junto com a marcha marcial para o desfecho que teve: a faca na garganta e pelas costas reservada aos traidores muito importantes.

Ela pensa nisso enquanto percebe a longa paisagem retilínea entre João Pessoa e Campina Grande. Percebe também o sol a pino, o carro com um cheiro de chiclete, alguns sinais de pó de biscoito no piso. Pensa se aquele era um carro de segunda mão usado por algum oficial das Forças. Quem sabe alugado de um cafetão da rua da Areia. Mas ela percebe também um barulho no motor. Um rangido estranho, dissonante, sempre que Bernardo acelera. Em silêncio, o motorista cumpre a função de pilotar de forma mecânica. Não liga para o barulho. Para ele, é como se não existisse. Até porque Bernardo não lhe dirige a palavra, não enuncia nada. Talvez tenha ficado pensativo após a ligeira discussão que ambos tiveram antes de sair do hotel.

– A morte do leiteiro é a crônica de um assassinato – diz ela, quebrando o silêncio.

– Como é?

Bernardo se surpreende com Tieta saindo de um estado de distração repentino, mas ainda olhando o trajeto retilíneo com a cabeça inclinada, enquanto tenta entender o que Tieta estava querendo dizer.

– Uma crônica. De um assassinato – ela ri. – É um poema de Drummond. Um poeta.

– Assassinato de quem?

– Quem sabe do Brasil, Bernardo.

Ele não entende, mesmo assim não desvia o olhar da estrada.

– O poema conta de um leiteiro que bate na porta de uma casa de madrugada. O lugar tinha muitos ladrões. Um cara acorda, manda o tiro e descobre que acertou um inocente.

– E se fosse um ladrão?

– Não seria um inocente. Mas mereceria um tiro?

– Quem sabe.

Tieta lembra que o rapaz no poema tinha apenas 21 anos e que morava num subúrbio. Pode até lembrar Bernardo, dirigindo um carro que corre a uma média de 120 quilômetros por hora. Que enfrenta um solavanco de um buraco e outro. O narrador do poema, como se dentro de um carro, conduz o olhar do leitor por um beco para achar o leiteiro: mesmo com o passo leve tem vaso quebrando, cão latindo, gatos miando. De repente, um velho acorda em pânico, pega o revólver e mete o tiro. Pronto, acabou. Mas ela decide não falar mais nada e mudar de assunto:

– Você sabia que no Haiti a resistência enfrentou balas perdidas?

– Não. Acompanho apenas as campanhas heroicas.

– As balas perdidas tinham dono.

– Toda bala tem, se você for ver. Elas já nascem assassinas por antecipação.

Tieta fica impressionada com a perspicácia repentina de Bernardo. O leiteiro do poema devia ter a idade dele. Foi pego com um tiro no peito, serviu de alvo para o engano do velho que atirou, mas a propriedade estava salva. A propriedade que o velho quis defender era sua casa. Já o exército era a propriedade de Bernardo, pensa ela. Ele que anda com passos mansos para alcançar a hierarquia. Serviria tranquilamente como alvo de um tiro silencioso em favor da propriedade.

– Você sempre pensou assim? – pergunta, não se contendo de curiosidade sobre a personalidade do rapaz.

– Às vezes eu penso pior, Tieta.

O carro segue por ladeiras, casas, propriedades derrocadas, planícies verdes e bucólicas. Algumas casas lembram uma viagem que Tieta fez ao interior da Itália. São montes de terra uniformes compondo o planalto da Borborema que, com clima frio e úmido, conforma uma reunião de árvores irmãs, enfileiradas como soldados, mas fulgurantes sobretudo ao calor da tarde. Que a estrada seria um tapete vermelho era óbvio, mas não achava que o silêncio que atravessa o carro fosse tão eloquente.

Chega a ser entediante viajar.

Ela se recosta no banco, estica as pernas, abre a janela e deixa-se levar pelo vento.

O leiteiro do poema encontrou seu destino certo, mesmo com todos os cuidados a demonstrar que, sim, talvez ele quisesse o tiro. Um inocente, um jovem, um suburbano. E, além de tudo, se manteve a propriedade intocável.

– Veja, começou – comenta Bernardo.

Surge no horizonte um retirante: saco de roupas na cabeça, cajado, mochila, um carrinho de compras levando alguns objetos; e comida, principalmente comida. Depois outro, agora com uma mochila, bicicleta e boné. Uma senhora e duas filhas, todas com mochilas e carregando imensos sacos que se arrastam pelo chão de tanta coisa. Um grupo de seis homens com camisas desabotoadas e bonés encaram o sol sem nada, a não ser a disposição para caminhar pelo acostamento da pista até a capital.

– Todos vindos do interior – comenta Tieta.

– Mas a situação ficará melhor. As Forças devem chegar no sertão amanhã.

A crença era o bem maior de Bernardo. Seus óculos sequer estão sujos depois de tudo que vivenciou naquela manhã. Não há uma gota de sangue depois de ter visto dois corpos. A camisa bem abotoada, o olhar gélido e mecânico para uma estrada que se mostra em ondas de gente se arrastando aos poucos, tudo fazia parecer que trabalhava para Tieta.

Tieta percebe uma gota de sangue de Mauro no seu vestido.

– Olha ali, mais um – diz Bernardo.

Um senhor traz consigo um saco grande e muito pesado nas costas. Ele cai exausto, deixando espalhar pelo asfalto as frutas, os pães e os biscoitos que trazia.

Bernardo jamais compreenderia. Ele, em seu silêncio cúmplice, mantinha-se indiferente ao sofrimento dos retirantes. Acreditava que todos eles fossem ser salvos pelas Forças Armadas e o país, com a intervenção, retomaria o progresso. Mas, Bernardo também não compreenderia que aquele leiteiro do poema, um sujeito tão aguerrido quanto o retirante caído, lembrava muito o pai de Tieta, que levou um tiro numa emboscada, às quatro da manhã, quando saía para entregar leite. Não morreu, mas anos depois se matou.

Tieta não queria que seu pai morresse segundo-tenente. Reformado, morreu trabalhador. Era uma ironia do destino reservada para aqueles que passaram a vida reprimindo greves. Talvez a maior ironia, naquele início de tarde quente pelo asfalto da BR-230, fosse encontrá-lo nas barbas de um retirante caído no asfalto. Um refugiado dentro do próprio país. E entender que, na mesma expressão cúmplice e fagueira de Bernardo, havia ali também um pouco do seu pai.

***

– Porra! – grita Bernardo.

Um retirante se encontra atropelado no asfalto: as vísceras expostas, matizando o chão de um vermelho escuro.

Um carro que vem atrás buzina alto. É uma picape. Imensa. De repente acelera e segue ganhando velocidade.

Uns 150 quilômetros por hora.

Nessa surpresa, Bernardo quase desvia o carro para o outro lado da pista, causando um acidente. Não tinha muitos carros indo ou voltando. A maioria dos motoristas provavelmente com receio de suas terras serem pegas pelos retirantes ou pelas voçorocas. Como se não houvesse outro jeito, a velocidade nessas horas se torna necessária.

– Meu Deus! – Bernardo segue incrédulo.

Tieta acorda com o movimento serpenteado do carro. Não tomou susto, mas pôde ver no asfalto as vísceras do retirante ocuparem todo o chão. Veio a sensação primeira de que as carnes eram de um animal; mas depois tomaram feições humanas.

– Algo grave deve estar acontecendo – comenta ela.

– Grave, não sei. Mas que esses caras se atirando assim no asfalto complica a viagem, complica.

– E como você sabe que ele se atirou?

– Qual motivo o dono de uma picape como aquela teria para atropelar esse cara?

– Eu penso que andar a mais de 100 quilômetros seja motivo mais que suficiente para não olhar o que vem na pista.

– Tem razão. Podia ser um gato.

– Ou melhor, podia ser um retirante da seca. Os gatos ainda são domesticáveis.

– Você sempre com uma piadinha.

– Não tem senso de humor no exército?

Tieta pensa no que acabara de dizer e lembra que Mauro, antes de ir para o hotel, contou uma história de um rapaz no Haiti que tinha problemas. Quem sabe fosse autismo ou algum distúrbio mental. Os soldados utilizavam o rapaz como bobo da corte.

Alguns pegavam ele para fazer serviços mais difíceis, como desarmar bombas e checar minas terrestres. Mas o rapaz tinha a sorte de nunca ter pego uma bomba em funcionamento ou uma mina terrestre que prestasse. O objetivo, segundo Mauro, era de única e exclusivamente brincar com a vida e a morte de um rapaz que tinha uma condição psicológica reservada somente ao que os soldados naquele lugar compreendiam como caprichos da classe média.

Ocorre que certa feita o rapaz, após sucessivas provações, testando bombas e minas terrestres, conheceu seu destino numa missão fatal. Ele foi alçado por brincadeira à condição de coronel pela guarnição e assim acreditou. E como coronel, ele tinha que levar um cesto de granadas sem pino até uma casa da resistência ao regime militar no Haiti juntamente com ovos de galinha. Fantasiaram-no de feirante, riram muito na ocasião. Disseram que seria infiltrado. Mauro contava isso com um misto de humor e pena. A dupla consciência do sujeito que, por remorso, entregou os planos das Forças Armadas compreendia ainda um tipo de humor que derivava do campo de batalha. Ou pelo menos a possibilidade de algum riso compartilhado com os colegas.

Antes que o rapaz com problemas mentais chegasse até a casa dos guerrilheiros, levou um tiro de um soldado à paisana. A casa tinha sido esvaziada um dia antes. Todos sabiam, mas mantiveram a missão. As granadas, ao cair com o rapaz, explodiram como fogos de artifício. O rapaz morreria de todo modo, mas ainda assim caiu desfalecido antes de seu corpo ser completamente destroçado.

Aí neste ponto, Mauro, com um riso cerceado pela consciência, destacou que a piada que corria entre os soldados é que, como na metáfora da bandeja de ovos de um carro que capotou e que os ovos ficaram intactos como prova de que Deus os protegeu, disseram que depois de todos os estilhaços das granadas, e o rapaz esquartejado, ainda sobrou, milagrosamente, um ovo intacto. Ambos sabiam que era mentira. Mas este ovo, nas histórias dos soldados, teria sido alçado ao posto de coronel no lugar do rapaz.

Tieta recorda essa história, mas não a quis contar para Bernardo. Ele, um sujeito tão compenetrado e cioso do que faz e do que quer ser, não suportaria saber que havia entre os soldados os que pensassem dessa maneira. Que Mauro, seu herói e posterior traidor da intervenção, tinha conseguido extrair do mais recôndito de sua consciência um misto de humor e de indignação com o que fizeram ao rapaz haitiano.

– Caramba! – berra o motorista, também sob o olhar perplexo de Tieta.

Cinco retirantes caminham banhados em sangue. Duas crianças entre eles. Os olhares deles estão petrificados por algum evento. As sacolas que carregam encontram-se completamente avermelhadas.

O carro segue em seus 100 quilômetros por hora.

Mais à frente, três homens mortos ocupam metade da pista em que transitam os carros. Vê-se facas entre eles. Não foram atropelados, os sinais são de luta corporal.

Bernardo desacelera o carro e anda linearmente para observar o que houve, como se fosse um perito. Marcas de cortes e furos no pescoço e na barriga. O sangue se espalha no calor da tarde e as sacolas deles ficam abandonadas ao léu.

– Saqueadores – comenta Bernardo.

Com o carro em pouca velocidade, ele estira a mão para o banco traseiro e alcança sua mochila. Nela, checa se traz algo consigo.

Um revólver.

– Tieta, você pode ver se tem balas?

Somente três. Ela checa e completa com mais duas encontradas no bolso da frente da mochila.

– Então você sabe como lidar com armas.

– Tive que aprender – mente, pois nunca se interessou e somente aprendeu a carregar um revólver por muita insistência de Mauro.

Os retirantes se multiplicam pelo caminho. No trajeto, aproximando-se de Campina Grande, Bernardo percebe que a quantidade deles aumenta. Alguns, nos momentos de lombadas e de frenagem, chegam a quase se jogar sobre o carro. Pedem que pare. Imploram por comida. Se ajoelham no asfalto quente. As mãos expostas em petição de miséria. Chapéus arqueados ao vento saúdam o carro educadamente para que possam parar e dividir o pouco do que têm consigo. Crianças famélicas expõem a carência nos olhares perdidos e nos ossos expostos. Algumas crianças dormem desfalecidas nos braços das mães. Alguns também levam cachorros magros a tiracolo, provando que ainda existia, mesmo na carência mais que absoluta, um espaço para um ser vivente dividir com elas o pão que já lhes faltava muito.

– Ainda bem que não temos que entrar na cidade – diz Bernardo, com mais indiferença no olhar e no silêncio frente à cena que presenciam do que aquela que ele manifestou ao ver o corpo de Mauro Müller no quarto do hotel.

– Por quê?

– Se estão se multiplicando em direção a João Pessoa é porque Campina Grande os rejeitou.

Tieta tem a ideia de ligar o rádio. Nele, a frequência estática dá lugar a uma voz pouco audível, mas que se torna mais inteligível à medida que eles se aproximam da cidade.

"Os tortos caminham pela beira da estrada... A propriedade está a salvo... Barricadas têm sido feitas nos bairros... As casas estão fechadas e os cidadãos armados... Não tem comida para todos... Helicópteros jogam duas vezes ao dia mantimentos em acampamentos... O custo é elevado, mas não tem outro jeito... O país não aguenta mais o governo... Os tortos, sempre eles... Ocupam tudo, querem tudo... É preciso resistir".

– Me dá essa arma pra cá, Tieta – pede Bernardo. – Você também sabe atirar, né?

Ele deixa a arma no apoio da porta do carro. Parece influenciado pela voz fanha que vem do rádio.

– Claro – responde ela.

– E por que não trouxe uma?

– Porque não achei que precisasse.

Bernardo faz um olhar de paisagem, balança negativamente a cabeça.

– Uma mulher de general andar desarmada – continua. – Que absurdo. Imaginei que você tivesse uma pistola.

– E um ajudante de ordens ajudar a matar o general?

– Já lhe disse que foi preciso. E você sabe. Você que matou.

– Preste atenção à estrada, Calabar – disse, em tom irônico.

– Você só pode estar brincando – Bernardo desvia de uma mulher que se atira sobre o carro. – Porra, de novo.

O desespero nos olhos da mulher e as roupas quase completamente rasgadas são perceptíveis. A retirante vocifera palavras ininteligíveis silenciadas pela voz fanha do locutor do rádio dentro do carro.

"Onde vamos parar com tamanha anarquia, onde vamos parar com tamanha invasão de propriedade, onde vamos parar com tamanho abandono, onde vamos parar com esse exército de tortos ocupando casas, terrenos, propriedades, onde vamos parar com esse medo, esse isolamento, essas barricadas... Onde vamos parar com o sucateamento da nossa liberdade".

– Calabar foi um traidor – diz Bernardo, afastando-se de Campina Grande.

– Foi uma brincadeira.

Tieta não quis confrontar os brios do motorista. Ele estava armado. E mesmo sabendo que sua condição de mulher de general e aliada das Forças em favor da intervenção a protegesse, olhava para o rapaz com óculos de armação grossa e talvez visse o protótipo de um serial killer em potencial. Aqueles dos filmes de ação nos Estados Unidos que aparentam ser sujeitos muito corretos e discretos, até essa correção e discrição desembocar em uma série de assassinatos dos mais violentos, e quando você menos espera encontram um corpo esquartejado escondido em um baú no porão da casa do sujeito.

Sim, ela estranhava a indiferença e o olhar de tédio de Bernardo sobre os retirantes. Talvez "tortos" fosse a nomenclatura utilizada pelos cidadãos. Ou pelo radialista. Neste momento, ela se sentiu mais chique por tê-los chamados de retirantes por inspiração dos quadros de Candido Portinari. Claro, Bernardo não perceberia o porquê. Se seu olhar de indiferença era inabalável, ainda maior era a sua compreensão para outras referências que não a de Calabar. Uma referência militarista, incomum à maioria dos civis.

– Você é muito sério, Bernardo. Nunca brinca, não deixa de cumprir nenhuma ordem. Já teve namorada?

Ele fica em silêncio. Talvez procurando uma resposta. O carro a 120 quilômetros e Campina Grande se transformando em uma multidão de prédios vistos de longe.

– Eu já tive uma, quando era muito jovem, antes de entrar para o exército.

– E foi bom?

– Não.

Neste momento, Tieta imaginou a pessoa que Bernardo namorou esquartejada e escondida numa cova no quintal da casa dele.

– Como ela era? – pergunta, para compor a cena.

– Falsa.

– Por que falsa?

– Porque você chama uma pessoa de falsa quando aquilo que você espera dela não se cumpre.

– E o que você espera é culpa dela?

– Mas foi ela que despertou.

Neste momento, Tieta tem certeza de que se cavassem o quintal da casa de Bernardo encontrariam pelo menos um gato em pedaços.

– Um relacionamento não é algo simples de se ler como um código de normas do exército – diz ela.

– Mas é um contrato, como qualquer outro.

– E se é um contrato, ele não pode ser quebrado por ambas as partes. Relativizado, sei lá?

– Se é um contrato ele sempre precisa ser cumprido. Mesmo que não esteja escrito.

– Eu te entendo.

Não entendia. Disse por medo. O tom jovial com que o conheceu, ainda sorridente, servindo elegantemente às ordens de Mauro Müller, contrastam com essa aproximação maior que estão tendo desde a urdidura do plano. Ela imaginava um menino mais inteligente, sensível, cordial. Alguém que havia saído do subúrbio de João Pessoa com uma oportunidade de ganhar dinheiro e estudar, subsidiado pelas Forças e pelo olhar caridoso que Mauro Müller tinha com os mais pobres que queriam ascender na carreira militar. Sim, o general tinha esse lado bom, como até um leão ao devorar um cervo tem.

– E você nunca mais a viu? – continuou Tieta.

– Nunca. Nem quero.

Tieta sopra aliviada. Era sinal de que a moça estava viva.

– Bom, posso dizer que meu casamento com o seu ex-chefe teve seus altos e baixos.

– E por que o matou?

– Por motivos que nem as baratas daquele hotel cafona compreenderiam.

Ele faz um silêncio. Olha para a paisagem. Talvez pense que as relações humanas são mais complexas do que poderia supor. Mesmo assim, continua:

– Não lhe vejo tão animada, tão feliz.

– Mas ninguém está completamente feliz, nem quando acha que está.

– Eu estou. Vibrante.

Ela o encara seriamente para saber se está brincando. Esse tipo de humor não lhe era comum. Sim, ele falava sério. Estava exultante de uma maneira que é somente sua. Talvez a força com que pegava no volante entregasse um pouco dessa emoção. A participação numa intentona das Forças Armadas, o patriotismo, a tomada de poder. Se aos homens o sexo, a ganância e a conquista eram uma chegada para a ideia de poder, o poder em si, irrevogável, desnudo, implacável na forma de um golpe de estado, dispensa qualquer tipo de atalho para chegar à felicidade.

Mais um solavanco na estrada. Um buraco, não um retirante. 120 quilômetros. O sol batendo na lataria do carro o esquenta; o ar pela janela fica cada minuto mais quente e seco.

– Você realmente parece estar feliz. Do seu jeito, mas está – comenta Tieta.

– Esse é o melhor dos mundos. Descartes, nosso futuro presidente, saberá o que fazer com a nação. Tudo isso será uma página virada que lembraremos de ler para saber como saímos do calvário.

– E nem os retirantes te comovem?

– Os tortos?

Ele utiliza a expressão do rádio que, na distância de Campina Grande, se transforma em um chiado. Um ruído que toma a sonoplastia do carro misturado com o motor e o seu barulho estranho.

– É, os tortos – concorda.

– A maioria partidário de alguma coisa. Nos interiores tem sítios em que eles podiam trabalhar por água e comida. Estão indo pra capital porque querem. Alguns pra saquear. Outros pra matar, estuprar. São os párias de sempre.

– E você não acha que pra eles as coisas vão mal?

– Esse é o melhor dos mundos possíveis, Tieta. Se eles não percebem é por pura incapacidade intelectual.

Ela tenta entender o raciocínio de Bernardo, mas com uma cara de incompreensão, percebida por ele, demonstra que não consegue.

– Por exemplo – ele continua. – Os rios hoje são bem mais tratados do que eram antes, quando não se tinha um conhecimento sobre a limpeza, a pureza da água, a periodicidade das chuvas, entre cheias e secas. Do mesmo modo, nossa paz social é melhor agora porque não se tinha antes a compreensão de que o ser humano precisava de uma rede de gabinetes e de instituições para preservar o direito à saúde, alimentação e segurança. Esse é o melhor dos mundos possíveis. Por pior que seja, sempre será melhor que o que deixamos para trás. Sempre haverá mais progresso do que a mazela que deixamos no passado. A humanidade sempre aprende alguma coisa.

O sol se coloca sobre os olhos. Incomoda. Eles baixam as viseiras do carro.

Mais retirantes são vistos na estrada. Passam. São como animais na pista.

– Por exemplo, nos casamentos de antigamente era compreensível que o homem matasse a mulher por crimes de honra e injúria. Hoje não se aceita.

– Será?

– Se se aceita é porque há uma razão lógica melhor do que as razões que se tinha antes. A natureza se encarrega de organizar mesmo as razões mais incompreensíveis. Com certeza há de se ter uma explicação pra essas razões incompreendidas no presente, como terá para elas no futuro. E assim vamos. Com a época em que vivemos sendo sempre a melhor época já vivida.

– E as voçorocas?

– Eu vejo as voçorocas de uma maneira curiosa – ele arfa, cansado de divagações filosóficas, mas sem querer interromper seu discurso. – Elas sempre existiram, certo? Porém, por algum motivo, surgiram da maneira como se apresentam hoje e sem qualquer explicação racional. A cadeia de eventos suscitada pelas voçorocas leva a uma série de consequências impremeditadas. Tudo isso que estamos vivendo, por exemplo.

– Então...

– Então elas serviram para isso. Eu chamo isso de eventos impremeditados. É tudo que ocorre como um leitmotiv – ela estranha o uso de uma expressão tão profunda. – Um leitmotiv que nos dá a chance de dar um passo além. Como se fosse Deus mostrando, através de consequências naturais e imprevisíveis, para que caminho devemos seguir. Cabe ao ser humano interpretar esses eventos impremeditados como sinais de evolução e de progresso. E aqui estamos, embora eu não saiba se você está nisso pela intervenção ou por Nova Brasília.

Tieta percebe outro retirante na estrada tentando fazer com que o carro parasse. Um senhor de óculos quebrados e expressão de cansaço. Bernardo nem olha.

– Eu sei no que você está pensando agora – continua ele, sem se interromper. – Você está pensando que eu falo de Nova Brasília para te provocar. Mas não é verdade. Entenda. Ela é um evento impremeditado. Foi preciso que você quisesse voltar a Nova Brasília para que descobríssemos a traição do general Mauro e, desta maneira, dando cabo dele, consolidar a intervenção. Era o que precisávamos para dar ares de aventura ao plano. De alguma forma, eu senti que os comandantes precisavam de pelo menos uma morte nas costas para se unir. Precisavam também de um fim drástico para fazer o plano ter cada dia mais sentido para eles e para as tropas.

Ela se cala, demonstra estar pensativa, interroga os botões, olha pela janela: a paisagem, à medida que se aproxima do sertão, vai ficando mais seca. Menos verde. Talvez como uma consequência impremeditada do caminho que tomaram, pensa ela.

– É isso que os tortos não entendem – diz ele.

À medida que se afastam das cidades, e o caminho vai se tornando mais ermo, encontra-se um retirante ou outro vagando pelo acostamento. O olhar deles é ainda mais desesperador quando não se vê casas, prédios ou sinais de urbanização no horizonte. No seu íntimo, Tieta sente que naquele momento os retirantes andam guiados por alguma força volitiva que os conduz para o próximo passo apenas, sem saber como, nem para onde. É a vida lutando por si mesma, pura e simplesmente. Não há esperança, não há horizonte possível de sobrevivência: apenas sol, calor, asfalto e tempestades contínuas de areia. É isso ou se deixar morrer no asfalto e ser comido por urubus.

O carro anda mais rápido, 140 quilômetros por hora. Poucos buracos, poucas curvas na estrada. Corta o silêncio somente o som do motor do carro. O rádio continua sem sinal.

– Você entendeu tudo que eu te falei, né? – pergunta Bernardo.

– Claro.

– Mas, você concorda?

– Pelo que você falou, tem sua lógica.

– Então não se chateie quando eu falar de Nova Brasília. Ela é um evento para algo bem maior.

Tieta se cala e observa ao longe um senhor solitário se aproximando: um grande chapéu na cabeça, o cajado, uma bolsa imensa sendo arrastada pelo chão. Vinha sozinho, mas parecia, em algum momento, estar acompanhado. Deixou, quem sabe, a família para trás. Talvez seja o único sobrevivente. Ele nota o carro, mas não acena, não estende a mão. Indiferente. Tão indiferente quanto o olhar de Bernardo ou sua filosofia.

O carro passa por um buraco. O motor parece estar nas últimas.

– Lembre que esse é o melhor dos mundos possíveis – comenta Bernardo, como se lesse seus pensamentos.

Para Tieta, a camisa manchada, gasta, os ossos à mostra, o olhar de desânimo e cansaço do retirante, bem como o desespero das mães e mulheres deixadas para trás, lembra os quadros mais trágicos de Portinari. A série de quadros nomeada de retirantes exibe crianças com corpos arquitetados pela fúria da fome e dos vermes. Mulheres em desespero, rostos escarnados, homens desiludidos, rapazes em choro. Pela dor, pela miséria, pelo abandono. Tudo aquilo, na linguagem professoral de Bernardo, era o evento necessário para um bem maior.

No silêncio entrecortado pelo motor, Bernardo fecha os vidros e liga o ar-condicionado do carro. O silêncio ganha um tom retumbante.

– Tá muito calor, né? – comenta.

Ela assente com a cabeça.

– Você não tá chateada não, né?

– Não, querido, apenas cansada. Essa viagem é muito longa. Creio que já se passaram três horas de carro.

– Em uma hora, chegamos em Cruz das Armas. Lá tem uma pousada reservada para nós.

– Não sabia que íamos pernoitar.

– É preciso. Com os tortos, o caminho não é seguro.

– Então que chegue, eu estou muito cansada.

Tieta podia dizer que Nova Brasília seria a Canaã de Bernardo. A cidade que era a terra prometida da Bíblia. Mas a Canaã de Bernardo era a intervenção. Nela, ele depositava todo o foco de sua filosofia estranha.

– Os retirantes estão diminuindo – comenta ela.

– Ou morrendo. Veja o sol.

O carro segue seu percurso com o som do ar-condicionado silenciando o barulho do motor e do asfalto.

– Os tortos, você quer dizer – corrige Bernardo.

Ela sente que o termo "retirantes" é um acinte para ele. Bernardo segue imune a qualquer Portinari que viesse ao seu encontro.

***

Um lapso de sonho. Um porco, destes grandes e peludos, se aproxima de um bebê recém-nascido. A criança se encontra jogada numa palha no meio de um estábulo de cavalos. O porco se aproxima, cheira as beiradas do local. O estábulo está ligeiramente iluminado por uma luz central que penetra pelo telhado e recai sobre o recém-nascido. A luz dá toques de sagrado à cena.

O imenso porco parece procurar algo, até chegar aonde se encontra o bebê. Que sorri.

Lentamente, o porco começa a mastigar os pés da criança, o ventre e então as vísceras.

Os olhos são deixados por último.

Tieta acorda e se depara com Bernardo dirigindo tranquilo, mas embasbacado com algo que lhe passa perto, pela janela.

– O que você está olhando? – pergunta ela, se recompondo do sonho.

– É a primeira vez que vejo uma. Não imaginava que fossem tão grandes.

– Uma o quê?

– Uma voçoroca.

Tieta se ajeita no carro e consegue perceber a borda de um imenso buraco formando um abismo sem fim. Pela paisagem seca, a voçoroca mais parece uma ferida aberta e vermelha. O barro fica avermelhado conforme a voçoroca vai ficando mais profunda. Um som se ouve de dentro dela quando Bernardo abre o vidro do carro para ver melhor. É o sopro de um vento que vem do interior; ao mesmo tempo se pensa também no eco do vento que vem de cima. Um Ôm misterioso, ruidoso e entrecortado por variações de força.

Bernardo sente o calor denso que entra no carro. Talvez do Ôm macabro da voçoroca. Não fecha o vidro e continua perplexo com a imensidão do buraco, que se perde no horizonte. Virando bruscamente o volante, ele desvia o carro para mais longe, com receio da voçoroca comer a estrada pela qual passavam. Uma reação de proteção, mas também de medo diante de um buraco que parece dragar toda a paisagem para o seu interior.

A surpresa de ver, pela primeira vez, a voçoroca retirou de Tieta a autoria do sonho. Ela se recompôs no banco após olhar longamente as dimensões dela e pensou que o sonho que tivera foi uma possível adaptação de uma história contada por Mauro sobre as crianças órfãs no Haiti. Dizia ele que eram confinadas em estábulos, casas de pau a pique, galpões. À espera de uma ajuda fornecida pela ONU, essas crianças algumas vezes conviviam com animais pútridos. Ela não suportava a imagem: se tivesse que ter um dia um filho, não aceitaria tamanha crueldade. Porém, não tinha nenhum. Como na filosofia de Bernardo, algum bem maior estaria reservado não apenas ao Haiti como a essas crianças. Neste momento, contudo, não tinha uma explicação para o porco, um animal peludo, preto e imenso. Um dragão diante de uma criança sorridente. Coisa que na sua infância, também criada entre animais, foi acostumada a ver. Eles ocupavam todo o quintal da casa do avô e, uma vez, quando teve que alimentá-los, um deles, na voracidade da fome, quase comeu um de seus dedos.

Ela lembra que o avô lhe disse que isso era até certo ponto normal. A fome pode provocar instintos muito primitivos em quem a sente de maneira puramente irracional. Como um porco. Acontece que, para ela, a fome não tinha nada de racional. Era sempre irracional. Não sabia que apego era esse que os militares tinham com a razão. Esta não podia ser mais uma das razões impossíveis aludidas pela filosofia de Bernardo. Era uma reação instintiva de sobrevivência, guiada pela necessidade de se ter o que se quer para logo, sob o ultimato de simplesmente deixar de existir caso não tenha. A urgência das urgências ou a primeira urgência antes de todas as outras. O objeto primeiro da sobrevivência. Sim, a fome era uma coisa que os retirantes que passavam a vagar novamente pela pista, margeando as voçorocas, conhecem muito bem.

– Eles voltaram. Devemos estar próximos de Cruz das Armas – comenta Bernardo.

A voçoroca se perde no retrovisor do carro, mas ainda assim é vista de longe. Voraz e intrigante. Uma ofensa para o imaginário racional de Bernardo e talvez de qualquer outro que pensasse, como ele, não haver qualquer explicação lógica para aquilo.

– Não preciso explicar o porquê, né? Embora isso seja um bom sinal – continua ele, num tom catedrático.

– Hã?

– Estou falando dos tortos – ele olha para ela. – Veja a estrada.

Há mais retirantes nas estradas. Todos com o mesmo aspecto de sempre. Ela, entretanto, não entende o que ele quis dizer:

– Acho que minha cognição limitada vai precisar que você me explique mais uma vez.

– É porque estamos próximos de Cruz das Armas.

– Certo, e a cidade os rejeita violentamente como fez Campina Grande?

– Isso. Eu diria que qualquer cidade.

– Não é exclusividade.

– Não.

– Mas tem as que devem ser mais violentas – comenta Bernardo, não mencionando exatamente qual, mas aludindo silenciosamente ao que ele próprio faria se estivesse sob a gestão de uma delas.

Tieta não quis perguntar quais.

Ao longe surgem os prédios. Os retirantes se acumulam, andam em conjunto. Alguns trazem consigo uma expressão de ódio para o carro. Sequer acenam para parar, apenas seguem em seu ritmo compassado sob o sol. Não se distinguem em cor, aspecto ou tipo corporal: são sempre as mesmas figuras descarnadas que emergem na estrada caminhando em direção ao leste, onde se encontra a capital. As mulheres são as mais resistentes: andam carregando crianças de colo, bolsas, às vezes mochilas. Por horas não sentem o cansaço com tamanha bagagem. Os homens, com camisas abertas, muitas vezes não levam nada. Vêm deles os olhares de ódio. E parece que quanto mais o carro se aproxima da cidade, mais estes olhares aumentam. Na impressão deles, a passagem será dada por quem lhes negou não só a entrada na cidade, mas também o direito de se manterem vivos na tentativa de suprir a urgência das urgências.

Logo se vê portões imensos na entrada da cidade. Campina Grande não os tinha. Nunca tinham visto portões ladeados por muros improvisados com grades e tampões de madeira. Uma verdadeira fortaleza se apresenta aos olhos de Tieta e Bernardo, mas uma fortaleza improvisada, desatenta às brechas pelas quais os retirantes poderiam entrar.

Um guarda se aproxima do carro, pede que pare.

– Boa tarde – é um guarda forte, com cabelo loiro um pouco grande, que se aproxima de modo cerimonioso. – Vocês são o senhor Bernardo e a senhora Tieta, certo?

– Isso mesmo – responde Bernardo, certamente gostando de ser tratado como uma autoridade.

– O major Osias espera por vocês no hotel Vitória. Você segue reto nesta rua principal e, após três quadras, dobra a direita. Depois dobra a direita novamente e verá a fachada do hotel na sua frente.

– Obrigado.

– Boa estadia. Estamos aqui pela sua segurança.

O jeito do guarda era sério e compenetrado. Parece lidar com algo muito grave no combate aos retirantes. Essas impressões se repetem nos outros guardas quando os portões se abrem. Na cidade, as ruas são desertas, com poucos cidadãos andando e carregando sacolas. O contraste entre os cidadãos, gordos, fortes e bem-vestidos, com os retirantes é flagrante. Como se a paisagem tivesse sido alterada: do amarelado das árvores e das plantas na secura do sol do sertão para as ruas ornadas com plantas verdes e pessoas transitando com relativa tranquilidade. Não se via sorrisos, por exemplo, em pelo menos 300 quilômetros de estrada.

A cidade tem um aspecto desolador, para além de tudo. Permanece cercada de grades, vistas em uma rua e outra. O comércio funciona com guardas nas portas; os cidadãos, visivelmente mais brancos do que os retirantes. Tieta também não pôde deixar de perceber que todos, de maneira mais ou menos visível na cidade, andam armados. As mulheres com uma pistola discreta, pequena, guardada em um coldre amarrado nas panturrilhas; os homens com o coldre atado à cintura ou com a arma fazendo volume nas costas. Mesmo assim, parece haver mais guardas do que cidadãos nas ruas.

Ambos chegam ao destino apontado pelo segurança. Um hotel modesto. A fachada exibe um desenho quase infantil de uma choupana com um sol e um drink, fazendo parecer que aquele seria um remanso de sossego. As portas de madeira antigas, algumas janelas abertas, as paredes verdes com sinais de descascamento da pintura. Na porta principal, um senhor gordo e careca de calça brim, camisa branca de botão e chinelos os aguarda em uma cadeira de balanço.

– Opa, boa tarde! – diz o senhor, saindo de sua cadeira de balanço e andando até eles depois de estacionarem o carro.

– Boa tarde! Viemos de passagem para o alto sertão – responde Bernardo, saindo do carro.

– Eu sei de tudo meu rapaz, nem se preocupe.

– Sabe pra onde a gente vai também? – pergunta Tieta, pegando suas bagagens, mas depois deixando o homem ajudá-la.

– Isso aí já não é assunto meu – ele responde com um tom bonachão. – Mas sei – e começa a rir consigo mesmo.

Ela olha para Bernardo em tom inquisidor. Não era segredo que ela ia tomar posse das terras de Nova Brasília, porém não tinha que ser exatamente um buchicho rondando uma pousada chinfrim em Cruz das Armas. Ainda mais tendo decorrido para isso o assassinato de um general da ativa.

– Não fui eu – ele confessa sussurrando.

– Pois bem... – continua Tieta. – O senhor tem uma boa cama e uma boa água gelada para esses tempos áridos daqui?

– É claro, vamos entrando.

Dois hotéis em um dia. Tieta arfa ao encontrar a decoração com santos, velharias e artesanato sertanejo. As portas descascando eram de uma madeira tão mixuruca que se podia ouvir as vozes dos hóspedes pelo corredor. Cada um, como era conveniente pensar, ocuparia um quarto. A eles, por pedido das Forças, foram reservados quartos de luxo. Os chamados quartos presidenciais. Algo que seria uma ironia num hotel cuja existência foi solenemente ignorada por todos os presidentes, golpeados ou não, da história do país.

– Fica no fim das escadas e no fim do corredor leste. Tenham a gentileza de me acompanhar – solicita o anfitrião que aparenta ser o dono, o recepcionista, o segurança e talvez o cozinheiro. Tieta nota que ele tem uma arma nas costas.

Eles sobem as escadas de um cimento úmido. Pelos corredores, além da parede verde envelhecida, vozes dissonantes dos hóspedes são ouvidas através dos quartos.

– É aqui, é só seguir até o final e encontrarão o quarto 401-A e 401-B.

– Vamos esperar que não tenha nenhuma cena de crime nos quartos – sussurra Tieta, depois que o homem sai.

Bernardo ri. Era muito raro ouvir sua risada em 300 quilômetros de silêncio e aulas de filosofia estranha.

– Pelo menos ficamos no quarto mais alto do hotel. Tem até vista para a paisagem – ele comenta.

– Uma paisagem cheia de tortos, você quer dizer.

– Os tortos são uma parte a se ignorar. E além de tudo, não sei por que você se importa tanto com eles.

Ela ignora a ironia e fecha a porta. O quarto razoável tem TV em tela de tubo, as mesmas paredes verdes e quadros com fotografias de cactos. Um banheiro decente e sem muitos luxos. Será uma noite estranha, cercada pelo cheiro de umidade que advém dos sinais de infiltrações. Toda a cidade até então lhe parece estranha e mórbida. Não a conheceu antes de tudo isso. E, afinal, não esperava nada disso estar acontecendo com ela. Os retirantes, as cidades fechadas, as armas nos coldres: tudo dá a entender que a chegada a Nova Brasília não será pacífica. E lembra, nessas horas, que não trouxe armas. Confiou muito que as Forças providenciariam tudo. E, ao que tudo indica, providenciaram algo meia boca. Uma atenção e hospitalidade num hotel com paredes descascadas, salpicada de bolhas, manchas e mofo, como ela, muitas vezes, imaginou o trabalho de Mauro no Haiti.

***

Tieta não queria mais sonhar. Detestava sonhos. Porém, no meio da noite, ela acorda e não teve sonho algum. Ou se teve, foi beneficiada com a sorte de esquecer. O que se vê pela luz da janela do quarto parece bastante real: labaredas de fogo cobrem Cruz das Armas na direção dos portões que trancam a cidade para o resto do sertão. De longe, Tieta percebe o som dos tiros de revólver e de espingarda. O barulho se torna a cada minuto mais ensurdecedor.

Batem na porta. Ela abre e se depara com Bernardo.

– O que tá acontecendo? – ela pergunta, de roupão, ainda sem compreender as chamas na altura das casas, os tiros, os gritos.

– Uma invasão de tortos na cidade. Acabo de conversar com o dono da pousada. Mas ele disse que ficássemos nos quartos. Essas invasões são rotineiras. Algumas horas e os guardas as controlam como podem. Não tem que ficar com medo. Bati para me certificar de que você não ficaria com medo.

– Mas eu estou bem. Não tenho medo. Meu incômodo é só não ter uma boa noite de sono.

– Por isso o dono também pediu desculpas. Ele sabe com quem você foi casada.

Sempre ele, o general, pensa ela, dirigindo-se para a janela do fim do corredor e próxima ao quarto de ambos; uma janela mais ampla, de onde os tiros são ouvidos com mais retumbância e as labaredas se mostram mais reluzentes. Lembram, não por outro motivo, as festas de São João no interior, no sítio de seu avô. Lá se queimava pedaços de pau para fazer as fogueiras mais altas, em uma nítida competição entre vizinhos por saber qual seria a maior fogueira em homenagem ao santo do mês de junho.

Em Cruz das Armas se queima tortos. Tieta, por isso, sabe que cada nova chama que se intensifica em alguma rua era um deles pegando fogo; as chamas, como explicadas por Bernardo, e que por extensão lhe foi explicado pelo dono do hotel, eram altas porque os tortos são queimados com coquetéis molotov embebidos em álcool puro. Ela também não pôde deixar de observar que Bernardo lhe repassa essa informação no mesmo tom de voz do dono da pousada:

de que seria um festival de fogueiras juninas, em uma competição para saber qual dos queimados formaria a maior labareda de fogo. Um festival de chamas humanas à espera dos aplausos dos turistas.

– Veja aquela como é bonita, tem o centro azul, é o álcool puro em ação – olha Bernardo, com fascinação. – O dono da pousada disse para prestar atenção ao centro do fogo. Se ficar azul é o álcool. Ficando verde é porque as chamas alcançaram alguma víscera importante do corpo do cara ou da mulher queimada, como, por exemplo, o fígado.

Tieta escancara os olhos, não sabe se mais fascinada com a informação e a descrição de Bernardo, ofertada como um brinde pelo dono da pousada, ou se com a singeleza de ver corpos humanos sendo queimados pela cidade.

– Aquele está correndo. É bonito ver a chama correndo – comenta Bernardo.

Mais adiante, tiros pegam um grupo que invade a cidade e escapa dos coquetéis. Um deles, visivelmente um adolescente, leva cerca de dez tiros. São violentos: na cara, no pescoço, na barriga. Os tiros vêm de todos os lados. Mesmo porque, como depois nota Tieta, não vinham tiros somente dos guardas, mas também das casas, das janelas.

Não tinha dúvida. Aquele era um festival estranho e convidativo para quem gostasse de usar os retirantes de tiro ao alvo. Ou de cobaia, para a verificação da intensidade dos coquetéis molotov e a incidência do fogo sobre a pele humana. Bernardo, entre o exultante e o compenetrado, provavelmente imaginando os percalços da viagem, observa tudo com um certo ar de incredulidade.

Não tinha presenciado tamanho espetáculo no Haiti. E seria bem provável que esta fosse uma cena a ser vista num cenário perfeito de guerra, quando aqueles que se opunham a uma ocupação num país estrangeiro passam a servir de alvo para testes de armas, bombas e demais artefatos. Se aquela não era uma obra inédita para os cidadãos, também não seria de todo espantoso que o arsenal estivesse sendo usado como teste. Um belo pretexto, pensa.

– Vou pegar meu revólver – avisa Bernardo, e se enfurna no quarto para buscar a arma em sua mochila. Ele volta alegre e se apoia com cuidado sobre o parapeito da janela do corredor. Porém, ao observar Tieta insone, e não radiante como ele, logo o ajudante de ordens desiste de dar uns tiros. Seria a primeira vez? Não se espantaria se ela soubesse que sim.

– O que você tem? – quer saber ele, voltando para o quarto desanimado e jogando o revólver na cama.

– Talvez eu tenha cansado de certas coisas.

– Esse pessoal aí jamais vai invadir uma cidade como essas. Olha, todo mundo armado.

Os tiros continuam vindo das janelas, das varandas, dos parapeitos, de todos os lados. Já não se sabe o que é bala de policial ou de cidadão. Por todos os lados, a orquestra de gatilhos opera num ritmo ardil em que se misturam pistolas, metralhadoras e espingardas.

Aos poucos, os estampidos vão cessando. O fogo diminui. A noite perde seu aspecto claro, estrepitoso e lúdico. As janelas vão se fechando pouco a pouco, bem como desaparecem das varandas os cidadãos ocupados com o tiro ao alvo. Nada é mais triste do que o fim de um filme de ação depois da cena apoteótica do final. Parecia o momento posterior a um orgasmo, legando aos corpos cansados com a usura das balas um estupor tão grande quanto o de um gozo.

– Vou dormir. Boa noite – Bernardo boceja e se tranca no quarto.

Tieta odeia dormir. E se dorme, não gosta de sonhar. Uma vez ela teria prometido ao pai, ainda criança, que aprenderia a dormir com um olho aberto para não ser pega de surpresa por nada, nem por ninguém. Ele ria, acariciava a menina. Isso foi anos antes de ele se tornar um cara agressivo e espasmódico. Não nutria boas lembranças paternas dessa época. Acontece que a infância é uma época mágica, tal como as labaredas de fogo que lembram fogueiras de São João; tal como os tiros e estampidos dissociados da violência desta noite, que tornam a trazer à sua lembrança os fogos de artifício do mês de junho.

***

A noite inteira atravessada por tiros e labaredas de corpos humanos tinha deixado, obviamente, um legado nas ruas. E isso não seria uma coisa legal de se ver.

Ao acordar, tendo logicamente dormido mal, ela se banha, veste uma roupa e prepara a mala. Deixa tudo nos conformes para seguir a viagem. Mais cinco horas e estaria em Nova Brasília. É cedo, Bernardo já devia ter se levantado para levar suas malas para a recepção. Havia passado no seu quarto mais cedo para perguntar se queria ajuda. Ela respondeu que não. Que tinha mãos e sabia como levar as malas para a recepção.

Ao descer, Tieta, que não gosta de sonhos, descobre ainda não gostar de déjà vus. Esse incômodo alheamento que demora para processar uma imagem e que confundimos com uma coincidência casual é um saco. Assim ela se sente quando vê, na parede embolorada de um outro extremo do corredor do hotel, uma reprodução perfeita do quadro *O Dinamismo de um Automóvel*, de Luigi Russolo.

O quadro ocupa uma posição central. É o único no corredor cercado por portas de quartos nos dois lados. Ela se detém observando a pintura por alguns minutos, mas teme que essa demora resulte em algum hóspede desavisado saindo só de toalha. Ou que alguém simplesmente se pergunte quem era aquela maluca que se detinha tão pacientemente a analisar um objeto como qualquer outro.

Passaria despercebido, sim. Não era uma representação humanoide, paisagística ou uma caracterização delineada e fidedignamente objetal. É apenas um pretenso carro ganhando velocidade e cortando o vento em triângulos vermelhos. Todo o quadro é geométrico em sua referência e composição, aludindo a uma suposta simetria da realidade tal como ela se apresentou a Luigi Russolo: o progresso como algo simétrico rumo à evolução humana. A velocidade era o esperado: o tempo passava e era preciso acompanhá-lo. Como se acompanha, por exemplo, um automóvel. Ou a modernidade.

Tieta se decepciona consigo porque prometeu a si mesma, quando viu este quadro entre as bagagens de Mauro para a viagem ao Haiti, não o analisar. Não quis entender o porquê do quadro estar entre os objetos que ele levaria para aquele país. Se era um presente, se era um adorno, se era simplesmente uma encomenda: ela não sabe. Também não perguntou. Na manhã da faca calando todas as palavras que pudessem sair da boca de Mauro Müller, o que não precisava ser dito também não foi perguntado.

Ela desce as escadas. O café da manhã estava servido e Bernardo travava uma animada conversa com o senhor dono da pousada, provavelmente sobre a noite anterior.

– Bom dia, a senhora desejaria se juntar a nós? O café está servido, fique à vontade – comenta o dono da pousada, detendo-se na conversa com Bernardo.

– Aquele quadro que o senhor tem no último andar é seu?

– É um presente, ganhei de uma amiga que há muitos anos não via e passou um tempo aqui. Veio de Portugal. A senhora achou bonito?

– Mais interessante do que bonito.

Ela se senta ao lado deles. Não se detém a analisar a conversa de ambos. O quadro que Mauro levava consigo, imaginou ela, era um adorno para a sala dele no Haiti. Quem sabe fosse para a sala que ele ganharia caso não aderisse à intervenção e ganhasse o cargo que almejava nas Forças Armadas. Um quadro brega, antes de tudo.

Naquele momento, durante o café discreto e com pouca comida, ela apenas pensa que, em cinco horas, podia chegar a Nova Brasília. Ironicamente, sob o dinamismo de um automóvel.

– Antes de irem, vocês precisam ver o expurgo – comenta o dono da pousada, animado.

– O que é isso? – pergunta Tieta.

Ela se arrepende de perguntar.

Bernardo não pensa duas vezes antes de aceitar a proposta e ficar ansioso para ver o resultado de tudo aquilo, esperando a aprovação de Tieta antes de seguir com a viagem, como se ela, naquele instante, fosse a mãe dele. Mal sabia ela, e Bernardo não tinha comentado nada durante o trajeto, que o ritual de conferência dos corpos da noite anterior, e não há nada de gratuito em se empregar a palavra "ritual", era um tipo de atração local.

Andando pelas ruas da cidade, gradeadas e repletas de guardas por todos os lados, os cidadãos saem de suas casas animados para contar as balas e conferir quem acertou o maior número de tortos, ou de que maneira. Um espetáculo animado especialmente para as crianças, que são as primeiras a correr à frente dos pais e procurar nos corpos perfurados por balas onde exatamente um tiro do pai os acertou na noite anterior.

Bernardo passeia entre os corpos junto de Tieta e do dono da pousada conferindo a cena com curiosidade. Toda aquela covardia com o recepcionista do hotel com a cabeça destruída parecia ter se dissipado quando os corpos que estavam ali eram de párias sociais.

– Headshot! – exclama um garoto, passando por todos de supetão e fazendo menção a um senhor de mais ou menos 60 anos que havia sido atingido com um tiro só. Na cabeça. O pai, todo educado, exibe orgulhoso a arma que usou para aquela façanha. Os outros pais chegam, o parabenizam. Perguntam se um dia entrará para as Forças Armadas, ao que ele diz que não. Que é empresário.

Cadáveres se espalham pelas ruas não só cravados de balas, mas completamente carbonizados. Os crânios expostos e os ossos em processo de desintegração davam a medida de quanto álcool puro se utilizou para aplacar a invasão dos retirantes. Mais do que qualquer um imagina. E, aos olhos de Tieta, era de certo modo inacreditável que aquela espécie de festival, do qual ela nunca tinha ouvido falar, nem nos relatos mais fantasiosos de Mauro ou de qualquer soldado sobre o Haiti, tivesse virado uma espécie de tradição local.

Na volta até a recepção e antes da ida até o carro, Tieta encontra, entre as revistas de palavras cruzadas espalhadas na recepção, uma coletânea de poemas de Angola e Moçambique do século XX.

– Comprei num sebo da capital para meu filho que ia fazer vestibular – diz o dono da pousada, notando o interesse da viúva do general. – Não queria que ele ficasse só no computador, queria que ele lesse, sabe? – continua, percebendo a atenção com que Tieta folheia a coletânea. – Leve de lembrança – disse o senhor, e foi a parte que ela mais gostou de escutar.

Já no carro, antes de ganharem a estrada, saem pelas ruas repletas de corpos de Cruz das Armas. Os guardas da cidade ocupam as ruas e os cidadãos fazem suas compras como se nada tivesse acontecido. Tudo está como sempre foi. Exceto Tieta e o seu entendimento de que certas coisas, por mais estranhas que sejam, existem. E não são no Haiti.

Dentre os poemas na coletânea, ela se fixa em um de Agostinho Neto, ex-presidente de Angola, cujos versos finais terminam com uma mensagem que ela insiste em ler para Bernardo. Sim, eram os últimos versos de um poema chamado *Aqui no Cárcere*: "Ao sopro da história / Ninguém impedirá a chuva".

Sem falar nada, o silêncio retoma o seu lugar no carro. O motor segue com o mesmo barulho. O rapaz fica pensativo desde então.

***

"Uma voçoroca de mais de 30 quilômetros avança em direção ao sul do estado... Tem bordas avermelhadas, um eco que vem do fundo dela e já engoliu três cidades... Estamos lidando com um fenômeno novo, desconhecido, e contra o qual parece não haver maiores soluções no momento do que evacuar as áreas atingidas... Pequenos heliportos foram improvisados nas principais cidades, segundo as Forças Armadas. Em Cruz das Armas, uma zona de serra, aparentemente imune ao poder das voçorocas, ou mais resistente à voracidade delas, mantimentos estão sendo distribuídos também para os distritos vizinhos... Agora, política! O presidente interino acaba de tomar posse na câmara dos deputados. A anarquia, a desordem e esta forte crise ambiental levou as Forças Armadas a tomar mais uma vez as rédeas da situação... A população clama por uma resposta rápida, enquanto as cidades se tornam pequenas fortalezas contra o avanço dos tortos, que entram para saquear as casas, tomar os bens das famílias, roubar tudo aquilo que encontrarem pela frente, quando não matam e estupram. A situação torna o envio de armas e munições para as regiões mais distantes uma necessidade tão grande quanto o envio de comida".

O sinal do rádio se perde.

Com a velocidade do carro e uma distância considerável de Cruz das Armas, já não se ouve mais nada além do chiado da frequência e das palavras ininteligíveis vindas do locutor.

"A presidência... Não... Pode... Deixar... Barato... Reprimir... Agora... Ou... Não... Restará... Nada".

Tieta desliga o rádio.

– Foi melhor mesmo. Não dava para entender nada – confessa Bernardo, visivelmente cansado e com uma impaciência que se traduz no acelerador do carro.

– Já são dez da manhã e parece que não avançamos nada.

A estrada é retilínea e dá uma sensação de infinitude com o

horizonte tremulando sob o sol. Os tortos seguem isolados pelas estradas. Já se tornaram parte da paisagem. Não há mais quem sequer olhe seu aspecto, suas vestes, seus olhares. Algumas mãos são abertas na estrada, para pedir comida ou água, mas ficam apenas com o vento causticante e a poeira espalhada pelo carro. Outros, já experientes, sequer percebem o carro e avançam em sua marcha fúnebre até um destino qualquer. Aos poucos, vão perecendo em terra áspera. Seja nas valas comuns de Cruz das Armas, seja nas barrigas dos urubus que começam a ser cada vez mais frequentes no céu sem nuvens.

Uma vez, lembra Tieta, seu avô lhe contou como os urubus ganham altitude e, num rasante em direção ao solo, limpam-se dos restos da carne podre de que se alimentam. É perceptível a dimensão onipresente da noção de limpeza entre as espécies. Em alguns pontos da estrada, ela observa os giros em círculos das aves até o céu, chegando até a camada de ozônio e, por fim, descendo num rasante para se livrar das penas velhas e da carcaça incrustada nas patas, bicos e penas. Há um encanto nessa imagem, que é o encanto da menina descobrindo o mundo tal qual o avô lhe descortinara.

Ela pensa em contar essa história para Bernardo, mas não conta. Quer dividir com ele mais alguns minutos de silêncio porque, sozinha e calada, ela se sente melhor acompanhada. As memórias que rodam junto aos pneus e ao motor claudicante são sua própria forma de se sentir confortável. Um diálogo da Tieta madura com a Tieta criança: ela lembra o momento em que o pai brincava com ela antes de sair para as bebedeiras que o destruíram física e psicologicamente; as noites juninas na casa do avô em que se aprendia sobre alguns dos detalhes mais misteriosos da vida, como a necessidade da mulher se casar com um homem comprometido com algo ou alguma coisa; posteriormente, a memória da adolescente que se apaixonou pelo jovem militar do exército. A inocência lhe parece um refúgio que ela encontrou nos quadros e na poesia: coisa que o pai, o avô ou Mauro nunca conheceram.

Sim, pouco se fala entre as feministas das filhas de militares, pensa Tieta. Se as outras enfrentam um machismo enrugado por séculos, as mulheres que advêm de uma origem, a bem dizer, régia, porque soa como uma espécie de regime monárquico, precisam encarar o patriarcado na sua versão fardada. Para elas, um tipo diferente de chamado às armas não é como para os homens: neles, o alistamento; nelas, o casamento. A pensão. E esta se torna uma prenda irresistível à medida que se percebe que, num mundo de desempregos e de proscrições para a manutenção de uma carreira, as pensionistas só têm que se preocupar em manter um casamento de fachada para herdar uma polpuda remuneração vitalícia.

Neste momento, o motor parece estar nas últimas. E ainda faltam mais 200 quilômetros para chegar até Nova Brasília. Somente Tieta ouve o motor? Por que Bernardo, por longas seis horas de viagem, nunca lhe disse nada? Em alguns momentos, pensou que talvez ela estivesse louca. Essa condição, que é tão impingida às mulheres como a pensão, aos olhos dos homens é vista como o único motivo pelo qual algumas estão com eles. Ou talvez Tieta estivesse tão cansada que não pudesse raciocinar sobre o que é realidade ou não. Muito embora aquilo tudo fosse muito real; tão real que ela desejaria ser um sonho, mesmo odiando sonhos.

– Você não está cansada – comenta Bernardo, saindo do silêncio como que lendo os pensamentos dela.

– O quê?!

– É que a estrada é longa mesmo. Parece que não acaba. Minha sensação é a de que vou morrer nesse volante e não num acidente. O tempo não passa, só vemos esses tortos na beira da estrada e sabe o que é pior? – as palavras dele vêm em cascata, como se estivessem represadas por mais de uma hora. – Não podemos parar. Seria fatal.

Os tortos iam invadir o carro, saquear, quem sabe até fazer coisa pior. Principalmente com você.

Bernardo se apresenta visivelmente abalado com as hipóteses aventadas com as mãos no volante. Não à toa, confere novamente na mochila, esticando a mão para o banco de trás, a presença da arma.

– Eu sei que há grande responsabilidade em conduzir a mulher de um general. Mas lembre que esse general já não existe mais – diz ela, percebendo seu nervosismo.

Tieta já não entende por que ele fala coisas que ela não havia perguntado. No íntimo, analisava quais são as verdadeiras preocupações de Bernardo em seu silêncio imperscrutável. A preocupação dele era com o ex-marido morto e não com a mulher? Ela pouco se apegou, ao longo da vida, a esses conceitos estratégicos e oportunos de luta feminina ou de ascensão da mulher. Mas agora, com essa associação arbitrária, tanto por Bernardo quanto pelo dono da pousada, passa a ficar discretamente incomodada.

Pelo visto, Bernardo ainda não consegue desfazer a ideia de que Mauro lhe foi um herói. São homens que amam outros homens, até mesmo os mortos. A esposa, ex-esposa e, por fim, viúva de Mauro ainda era ela; mas a responsabilidade era toda de Bernardo. Como se lhe tivesse caído no colo uma herança maldita, Tieta se sente uma coisa. Um objeto. Não havia argumento que o demovesse da ideia de que Mauro, um defunto, lhe confiava uma missão importante e que, diante das ameaças e de sua arma carregada, ele não poderia falhar.

– A minha missão é te levar até Nova Brasília sã e salva. Eu prometi não foi ao seu ex-marido, mas aos meus comandantes – diz ele.

– Quem sabe você estivesse buscando uma medalha por bravura perante outros homens tão bravos.

– Talvez eu não tivesse que ter tanto esforço, arriscando a minha vida e a sua para conseguir uma medalha que só vai aumentar em 20% o que eu ganho.

Faz-se novo silêncio.

Ele consegue falar, depois de tantas horas próximo de Tieta, como um homem adulto quando se aborda suas necessidades e aquilo a que ele se impôs como obrigação para chegar ao seu êxito. Ainda havia ali um Bernardo que sonhava em ser um futuro general, alguém que serviria ao governo interino com mãos de ferro. E que ninguém duvidasse do sucesso da missão no Haiti: ele o atestaria, mesmo sem nunca ter pisado lá.

Ambos, após ter deixado Cruz das Armas, não comentam sobre as chamas humanas, os tiros e a contagem divertida dos mortos. Ela não se arrisca a dizer que não esperava ver aquelas cenas nem no Haiti, em que as tropas ocupam com autoridade e desfaçatez para tanto. Não quis estragar a diversão de um rapaz que cresceu sem muitas aspirações a não ser estar ali, numa estrada, num carro a 120 quilômetros, distribuindo poeira para retirantes famélicos e conversando com uma mulher chata. Sim, ela se sente chata por não ter que conversar com Bernardo algo que servisse de assunto por longas horas. Era sempre a primeira a falar e a primeira a se calar. Se a estrada se apresenta em sua infinitude, o silêncio abençoa as horas que não passam.

Bernardo não teria uma pensionista para chamar de sua, nem uma mulher para conseguir uma prenda, um espólio para a vida toda.

– Meu Deus, mais isso agora! – comenta ele.

À frente, uma voçoroca em processo de expansão derruba as defensas metálicas da rodovia como se as estivesse comendo, e o barulho vindo do fundo dela se torna ainda mais intenso, faz tremer as estruturas do carro e o desestabiliza. A estrada, cuidadosamente ladeando a voçoroca, não se afeta. Ainda. Pois, como notam ao passarem ao lado dela, era questão de horas.

Mas, a exclamação de Bernardo não foi para as mordidas constantes da voçoroca sobre o território, e sim para o fato de que há tortos nas bordas, como que abraçando o buraco, em corrente de oração. O carro diminui de velocidade e eles observam que os tortos, um a um, se atiram para dentro da voçoroca. Deixam-se cair. E isso coincide com o momento em que ela avança sobre alguns metros de terra nas laterais.

– Eles estão se matando – comenta Tieta.

– Eu nunca tinha visto isso na minha vida.

Mais alguns metros e eles veem mais uma vez a voçoroca comendo alguns metros de terra e uma família inteira, com mãe, pai e filhos, se atirando no buraco. O Ôm toma o carro. De vidros abertos, as rezas em voz alta são acompanhadas pelo som da voçoroca, como se o buraco respondesse ao clamor das gentes. Como se estivessem sincronizados. A voçoroca se estende por quilômetros e mais quilômetros. Uma extensão impensável de mensurar com olhos humanos. A paisagem é toda um grande, largo e infinito buraco: não se vê nada a não ser pessoas que, de mãos dadas, como num abraço às bordas, rezam em voz alta; os olhos fechados, lágrimas e vozes de desespero.

Mesmo distantes nos assuntos, no silêncio e em algumas opiniões, há uma proximidade tácita entre Bernardo e Tieta: ambos compartilham do desejo de chegar à Nova Brasília e de estar vivos. Essa é a condição primeira para dois seres humanos na situação deles. Por outro lado, manterem-se vivos ainda é o aspecto que mais aproxima alguns retirantes do caminho para a capital. Não todos.

Naquele instante, uns ouvem o Ôm e fogem dele, caminham em direção à capital para um final incerto; outros aceleram o carro, como agora Tieta pede com um sinal de olhos para que Bernardo o faça; outros rezam e se jogam.

Tieta lembra como é bom o dinamismo de um automóvel.

Exceto até perceber que eles pegaram o caminho errado.

***

Tieta abre o porta-luvas do carro e encontra um envelope. Após mostrar a Bernardo, ele faz sinal de que abra. Há uma carta em papel timbrado, que ela lê em voz alta.

"Para quem estiver no carro, provavelmente Bernardo,

O carro tem um problema no motor. É o esperado de um Ford. Mas tem uma vantagem: ele dura muito. É muito bom, mesmo com o barulho. Não se aperreie. Mas, se se aperrear, peça ao major Osias da pousada Vitória um Siena que está nos fundos. Foi revisado recentemente e é o carro de reserva das Forças Armadas em Cruz das Armas.

Escrevo porque sei que sua missão é difícil. Não sabemos se a mulher do general vai conseguir cumprir sua parte. Como você sabe, pode ter luta corporal e ela não escapar ilesa. Se só o general tiver escapado, rasgue essa carta e não vá com esse carro para lugar algum. Devolva-o no quartel, saia pela porta dos fundos e vá para casa. Aguarde novas ordens.

Uma série de buracos está se espalhando pelo sertão. Os geógrafos chamam de voçorocas. Estão comendo cidades inteiras. Não existem planos. Você deve aguardar em casa por novas ordens, pois é provável que seja destacado para conter uma onda de mendigos que tem se espalhado pelo sertão em direção à capital. São desesperados que não teriam futuro algum por lá. Você sabe o que tem que fazer se for chamado.

O único plano é defender a capital. Não deixar os mendigos chegarem até ela. Custe o que custar. Você não fez seu treinamento completo com a história de sair para estudar. Eu espero que saiba atirar. Se não souber, será chamado para coordenar ações. Horas depois de você sair já teremos começado a obstruir a cidade com barricadas, destacado atiradores por toda parte, orientado cidadãos. Não existe outra alternativa.

Você está de luto. Não se esqueça. Se encontrar qualquer pessoa, sinta-se de luto pelo general Mauro Müller. Ele se suicidou num quarto do hotel Independência. Uma perda inestimável para as Forças Armadas, um soldado exemplar que agora ganhará patentes sob as graças de Deus. Nada mais.

Se tudo correr como o esperado, você deve pegar este carro e passar por Cruz das Armas; depois, ir para Brejo das Almas. Na estrada, você deverá intuir se Brejo das Almas ainda existe. Porém, por estar num lugar de pedras muito antigas, temos fortes indícios de que, sim, ainda estará lá. Cremos que muito dificilmente as voçorocas avancem sobre serras e pedreiras. Mas nada é certo. De qualquer maneira, as tropas seguirão firmes, lá e aqui, no cumprimento do seu destino manifesto.

Boa viagem e boa sorte.

Att.,

Comandante Cid".

***

Tieta segue agora com raiva por ter que perder mais tempo procurando o retorno para Nova Brasília do que algum poema na coletânea *Poetas de Angola e Moçambique do Século XX*. Aparentemente, Bernardo pegou o caminho para o sul do país e se esqueceu de que Nova Brasília fica para o oeste.

– Em poucas horas estaremos lá. Eu me assustei com as voçorocas. Desculpa, tá?

– Apenas acelere mais do que o normal. Essa viagem é infinita. Um eterno retorno para alguma coisa.

– Para o quê?

– Para mim, um retorno pra casa, você sabe.

Tieta sente que construiu uma espécie de amizade com o ajudante de ordens. Afinal, ele não tinha culpa da carta. Uma mensagem para ir a uma tal de Brejo das Almas, sem muitas explicações para além da simples ordem. O que haveria ali? Ela lembra que era uma cidade com águas termais, hotéis razoáveis, alguma circulação de turistas. Em sua infância, as pessoas tiravam férias na capital para ir até Brejo das Almas se banhar com as chamadas águas puras advindas de alguns cânions que existiam por ali.

– Você já esteve em Brejo das Almas? – ela não se furta de perguntar.

– Nunca.

– Há alguma missão por lá?

– Não sei. Talvez conter os tortos. Não os querem na capital, como você viu.

O caminho para o alto sertão, antes com pequenos indícios de um verde ofuscante nas folhas das plantas e conjunção das árvores, agora aparenta ter ganhado tons mais amarelos e opacos, repletos de sinais da ausência de água e tão áridos que se sentia, na tez dos tortos, o sofrimento por atravessar uma região que mais lembrava um deserto.

O carro passa a temerosos 150 quilômetros por hora, mas como atravessa uma pista vazia e reta, com menos gente andando no acostamento, a velocidade não causa medo. O que se vê, além do horizonte amarelado pela natureza, eram corpos deitados sob o sol do meio-dia. Alguns em decúbito aparentando desmaio; outros sentados com a cabeça entre os joelhos demonstrando muito cansaço. Já não há pedidos para que o carro pare, que os ajude. Estão mais descarnados, ainda mais penosos. Pelas características, vinham de muito longe.

Em pouco se avista o horizonte de chegada. A placa já anuncia Nova Brasília. Mas também anuncia Brejo das Almas. Ambas não vão num mesmo sentido. Informação esta que leva Bernardo a olhar para Tieta interrogativamente. Como um cachorro abandonado.

– Tá bom. Não precisa dizer nada. Vamos pra Brejo das Almas – diz ela.

***

Mais longe era o Haiti, ou quem sabe nem fosse tanto. De todos os poetas lidos até agora pela "esposa do general", um nome lhe ficou marcado na memória: Noémia de Sousa. É a autora de um poema, que ela lê em voz sibilante, sem se deixar ouvir na distração do motorista do carro:

> "Tirem-nos tudo,
> mas deixem-nos a música!
> Tirem-nos a terra em que nascemos,
> onde crescemos
> e onde descobrimos pela primeira vez
> que o mundo é assim:
> um labirinto de xadrez".

Era uma viagem solitária porque Tieta não sabia como chegar nesse assunto com o motorista. Sempre teve medo de ser percebida como volúvel entre os homens por requerer o acesso a esse conhecimento artístico que é desconsiderado no universo tão masculino quanto o das patentes. Noémia de Sousa também. Numa breve biografia a um canto do livro, a poeta resistiu a entrar na luta pela independência de Moçambique, embora soubesse que havia mulheres ali presentes.

Noémia seria uma desertora da vontade dos outros.

A guerra não tem cara de mulher. E na verdade pouquíssimas, senão nenhuma, foi criada por elas. Por mais que a libertação de um país tivesse aos olhos dos envolvidos uma razão justa, há muitas razões para se considerar o porquê de uma poeta não querer se envolver num conflito armado que não é o dela.

Da mesma forma, quando Bernardo lhe pergunta o porquê de evitar falar sobre a intervenção, Tieta não quer assim negar sua existência. Apenas crê que essa guerra não foi feita por ela. Nem esse país, a bandeira ou o hino do soldado. Também não foi feita por Noémia de Sousa. Nem pela mãe de Tieta, uma empregada que vivia sob o poderio do marido numa escravidão consentida e afetiva; nem pela avó, que ela não conheceu, por estar morta semanas antes dela nascer. Viveram ambas, a mãe e a avó, na mesma escravidão.

A única missão que teve na vida, e que não pode cognominar com o dito brega dos combatentes sobre "missão cumprida", é a de voltar à sua terra natal e poder reivindicar um lugar que sempre foi seu. Comprado com o dinheiro de Mauro, mas com anos de luta e de medo alimentados pelo general vazio e contraditório. O algoz da mulher e o serviçal dos outros. O que se arrependeu e teve uma repentina crise de consciência em apoiar aquilo que mais remotamente lhe lembrasse o Haiti.

Sim, já tinha visto de tudo na vida, mas jamais Mauro Müller com uma crise de consciência.

Por que não o esquece?

Algo que a havia marcado era a ideia de que todos os poetas ali reunidos no livro que pegou na pousada reivindicavam a libertação de algo, ainda que desprezados pelo dono do lugar, o tal major Osias. Era a vontade deles e, ao mesmo tempo, a dos outros. Era, a seu próprio modo, um destino manifesto. Essa expressão de longa data encontrada na carta do Comandante Cid e nos memorandos espalhados por aqueles tempos. Uma expressão que tem diversos significados para quem anda com armas.

***

Mais um espetáculo à parte na entrada de Brejo das Almas. Como se esperava, tapumes de madeira e grades cobrem a entrada da cidade. Os tortos, mesmo antes de chegar até ela, já se acumulam aos montes nas proximidades. O que acontece é que, ao invés de um guarda gentil desejar um boa-tarde para duas pessoas chegando na cidade em um carro, teve um fuzil na cara e um pedido de identificação.

Tieta e Bernardo saem do carro com as mãos para cima.

Ao lado do portão de entrada, a 200 metros do carro, três guardas saem mascarados, com óculos de sol, paramentados de metralhadora e coletes à prova de balas. Se posicionam em três barricadas improvisadas aparentemente para isso. Ignoram completamente o carro que está sendo revistado ali perto. Ficam ali preparando as armas, recebendo instruções por rádio. Pois, enquanto esses atiradores se posicionam em frente a um corredor feito com tapumes para aqueles que chegam na cidade, e vendo a quantidade de tortos que chegam dos interiores, os outros guardas ainda tiveram a indecência de revistar a bolsa de uma viúva de general. Certamente não sabiam quem ela era.

Na revista do carro, ignoram solenemente o livro dos poetas de Angola e Moçambique.

Uma rajada de balas se abre.

As três metralhadoras, postadas por trás das barricadas, começam uma série de disparos sem fim.

Um a um, os tortos que se acumulam em frente à entrada de Brejo das Almas caem. As rajadas de tiros estraçalham o peito, a cabeça e as pernas deles. Já magros, às vezes os tiros não têm sequer o que matar. O banho de sangue toma a extensão do asfalto. Os corpos se acumulam aos montes pela estrada, pelas matas e pelas pedras do sertão. Poucos, pouquíssimos atiram pedras. As mães gritam, tentando proteger suas crianças; outras, porque seus filhos e filhas foram atingidos. Muitos correm. Desesperados. E são pegos com tiros nas costas durante a corrida.

Bernardo e Tieta se escondem atrás do carro.

A terra, que se apresentava mais amarelada pela presença da seca, ganha tons de vermelho. O sangue dos tortos já sai fervendo.

Por mais que batessem em retirada, os tiros não cessam. Parecem não ter alvo. Para os atiradores, não passam de uma grande massa uniforme de bactérias a ser combatida com um antibiótico potente.

Os estampidos cadenciam o silêncio do sertão com gritos de mães, homens, crianças, cachorros e quem estivesse na frente das metralhadoras por cerca de dez longos minutos. Mesmo os animais e as crianças de colo não são poupados. Nem as pedras da estrada ou o asfalto. Estraçalham tudo: os cactos, os arbustos e qualquer ser vivo e não vivo que estivesse em frente. Sem piedade ou qualquer lembrança de misericórdia.

Uma mãe é vista desesperada com os tiros levados pela filha de uns cinco anos. Ela deixa-a no asfalto junto ao cachorro igualmente morto e corre. Chega a ganhar alguma distância, com os outros já em debandada para longe da cidade, mas logo é atingida por um tiro de misericórdia na cabeça. O terceiro soldado, com um sorriso no rosto, sopra o cano do revólver. E a mãe cai, como se atingida por um empurrão forte, distante do cachorro e da filha, tingindo o asfalto de um sangue ralo, mas que sai do seu corpo como se o silêncio já fosse um alívio.

Não se ouve mais nada além do som dos urubus. O cheiro de fumaça permanece no ar. Os gritos dos que correram para longe são trazidos pelo vento. O desespero da perda de parentes e amigos e a impossibilidade, vista nos olhares distantes, de qualquer retorno para velar seus mortos. A indignação, o choro e o protesto ganham sons e palavras longínquas.

Os urubus cantam sua toada.

Os três atiradores retiram seus óculos de proteção do sol e os capacetes. Parecem satisfeitos, mas não esboçam sorriso. Parecem catárticos, eletrizados, exultantes. Um sentimento incapaz de ser exprimido em palavras.

Sem cometer a loucura de desafiar novamente as metralhadoras, os retirantes que vinham por outro caminho veem a infinidade de corpos espalhados na entrada da cidade e correm para longe de Brejo das Almas. Não veem possibilidade sequer de chegar perto da cidade, bem menos acessível que a outra. Diferente de Cruz das Armas, ali não tinha coquetéis molotov ou campeonatos de tiro entre os cidadãos.

Os atiradores retornam para dentro da cidade. O portão se abre para eles entrarem e para outros soldados saírem. Os corpos, em decorrência, passam a ser recolhidos por grandes sacos que saem do portão de entrada levados por soldados, manchando sua roupa de sangue. Os poucos que restaram vivos ficam presos em armadilhas escondidas por buracos próximos da entrada da cidade. Gritam por socorro, mas a maior parte fica em silêncio.

– Vocês nos desculpem a apresentação de boas-vindas relâmpago aí – disse o guarda, um cara alto, branco e pouco simpático, com a naturalidade de quem vê aquilo todos os dias. – É que se a gente não fizer algo no começo da tarde e fim da noite, eles ganham confiança.

Ele devolve os documentos de identidade.

– Seja bem-vinda, dona Tieta, e você também, seu Bernardo – continua. – Sigam reto até a catedral e lá, na abóbada, conversem com o comandante Zacarias. Ele providenciará uma casa pra vocês.

Mais uma noitada, Tieta pensa: ela não aguenta. Não hoje, não tão perto.

O portão se abre. A cidade é, sem dúvida, bem diferente de Cruz das Armas; em vez de cidadãos alegres saindo das lojas e andando pelo comércio com compras, Tieta percebe apenas guardas armados exibindo suas metralhadoras por todos os lados. Uma vila militar, como as que se concentram nos quatro cantos do país. Mulheres e crianças são vistas, mas poucas. Não havia qualquer dúvida de que a população, que já era diminuta antes da ocupação, tenha migrado para a capital quando começaram a surgir as primeiras voçorocas.

O carro passa por ruas totalmente ocupadas e estaciona em frente a uma igreja. Artefatos de guerra, armas e munições são vendidos e trocados por todos os lados. Ao centro de uma praça, defronte a essa mesma igreja com toques barrocos na arquitetura e uma abóbada transmitindo sinais de rádio e instruções para todos, os soldados se acumulam. Decidem quem irá metralhar os retirantes no dia seguinte ou à noite. Andando entre eles, Tieta e Bernardo percebem que o lugar funciona como uma espécie de local em que todos iam se informar do que estava acontecendo.

– Vocês são da capital, certo? – comenta Zacarias, um homem atarracado e de bigode esquadrinhado, notando os forasteiros.

Ele checa os documentos.

– O comandante Cid me falou da sua vinda, Bernardo – continua. – Mas não me disse nada sobre a esposa do general Mauro. Aliás, finado general. Aliás, a viúva do general. Perdão. Lamento o seu luto, senhora – disse, dirigindo-se a ela. – Seu marido foi um herói.

O comandante continua a ler os papéis, agora pela carta deixada pelo outro comandante no porta-luvas do Ford Fiesta.

– Hum... Certo... Veja só Bernardo, Brejo das Almas é uma zona estratégica para conter os tortos, certo? Aqui precisamos de um enfermeiro para os feridos, para as crianças e mulheres que adoecem, certo? Mas também queremos alguém com inteligência de guerra, e Cid disse que você era ajudante de ordens do general Mauro, certo?

Tieta não pôde conter um princípio de riso, diante da fala do comandante, por saber que Bernardo nunca estivera de fato no Haiti. O comandante nota, mas não abala seu discurso.

– Então, veja só, você deve ficar aqui. Até montamos um escritório para você. Tem casa, tem rádio, tem tudo que você precisa. Não tem internet. Nada disso. As informações são por rádio. O resto é tropa, contenção e redução de danos.

O comandante fala encarando o rapaz e tentando estabelecer contato visual. Queria saber se no olhar de Bernardo tinha algum indício de bravura.

– Olhe, venham aqui comigo – diz.

Tiveram que acompanhar o comandante por uma viela que se localizava atrás da igreja, dando em um cercado onde multidões de retirantes trabalham capinando o terreno e fazendo plantações; alguns em ofícios de carpintaria, outros na mecânica de carros que mais pareciam sucatas.

– Aqui é a nossa zona estratégica. Os colegas ali trabalham para o nosso bem, para salvar esse país – continua o comandante, apontando para todos os lados em que se via homens e mulheres trabalhando. – Qualquer coisa que vocês precisarem, por exemplo, de conserto nesse carro de vocês, é aqui, certo?

– Eles estão presos? – pergunta Tieta.

O comandante faz uma cara de desagravo, mas contém as palavras por estar falando com a viúva de um general.

– Não, senhora, eles foram convidados a entrar para nos ajudar com as coisas que precisamos. Os soldados aqui somos nós. Aqueles que têm as estratégias, a resolução e a disposição para combater o mal que assola esse país. Ninguém está aqui forçado.

– E por que o cercadinho? – continua Tieta, desafiando.

– O cercadinho é pra delimitar as coisas – disse ele, encontrando palavras para explicar a divisão. – Eles aqui trabalham. Ninguém, nenhuma criança, ousa atravessar para atrapalhar eles. E lá nós trabalhamos em outras coisas. Coisas que eles não entendem. Tudo pelo bem do país.

– Mas eles vivem aí mesmo, não saem, não fazem outra coisa? – Tieta começa a incomodar Bernardo, que lhe dá uma cutucada.

– Sair pra onde? – responde o comandante, mais impaciente. – Não tem o que fazer ali – aponta para a cidade. – Quanto mais aqui.

Ou ali – aponta para as serras e para o que há ao redor. – Só tem buraco nessa terra, senhora. As voçorocas estão expulsando esse povo. Nós aqui fizemos uma seleção. Quem se mostrou mais apto, forte, de boa aparência, tá aqui. Pegos nas armadilhas lá de fora. E tão alimentados, hidratados, têm onde dormir. Não são como os outros – o comandante interrompe seu discurso, se dá conta do tom alterado, percebe com quem fala e modera as palavras. – Eles aqui têm que dar graças a Deus por não ter o mesmo destino daqueles que a senhora viu na entrada.

Tieta e Bernardo acompanham o comandante através de algumas ruas até chegar à casa onde ficariam. Os olhares dos soldados, das mulheres e das crianças estranham os forasteiros. Uma celebração evangélica é vista na praça, desta vez com orações em alto e bom som, enfocando a misericórdia de Cristo na hora de sua morte e posterior ressurreição. Tieta pensa que, às vezes, as palavras dizem mais do que querem dizer de fato. E depois dessa breve caminhada, ambos são apresentados a uma casa simpática, com muro baixo, quartos limpos e paredes bem pintadas. Embora simples, a casa conserva algo de familiar em seu aspecto modesto.

– E uma outra vantagem de fazermos uma triagem dessa gente... – continua. – É que, se estiverem aqui, esses tortos não vão incomodar lá na capital. – E se despede: – Qualquer coisa é só chamar, mas vocês devem andar sempre armados.

A tarde se arrasta como o sol cai no alto sertão: quente, devagar e sem vontade. Ao mesmo tempo, Tieta percebe que pode ler mais dos poetas de Angola e Moçambique. E descobre, no antigo poema que leu para Bernardo, um sentido que, se os soldados tivessem apreendido o livro, podiam achar que fosse subversivo. Ela, que nunca ligou para questões políticas, também não liga para as notícias que vêm do rádio que Bernardo ouve na sala da casa:

"É festiva a transição de governo pro nosso querido presidente interino general Descartes, que é recebido com fogos e flores pelas Forças Armadas na rampa da capital federal. Mães, mulheres e crianças se acumulam à sua frente. Saúdam um período de prosperidade e êxito sobre qualquer desastre natural, social e político que recaia sobre todos nós".

Tieta tem lapsos de sono constantes: nunca se acostumou a dormir em hotéis. Num desses lapsos, acorda no quarto, o tempo já escuro, com Bernardo batendo à porta e sussurrando seu nome como quem tem algo muito importante a dizer. Sempre ao acordar, ela se demora: não sabe se está acordada ou sonhando. Até ouvir Bernardo num tom mais grave:

– Tieta!

– Sim. A porta está aberta, pode entrar.

– Queria falar com você.

– Pode dizer.

– Eu vou ficar.

Não surpreende a decisão do jovem, e tudo isso ela ouve enquanto se ajeita na cama, os cabelos arpoados e a escuridão do quarto sendo iluminada pela lua cheia.

– Sei que você não queria ouvir isso de mim. Que queria que nós fôssemos juntos para Nova Brasília. Mas este é meu sonho, pois quando me alistei no exército foi para cumprir missões, a maior parte delas era as que o general Mauro me proibia de executar por não sentir que eu estivesse pronto para tanto – ela ouve dele e não acredita que ele irá chorar, num breve estancado de sua fala. – Mas – continua ele, sempre com esses malditos "mas". – Agora eu me sinto preparado, como seu ex-marido nunca sentiu que estivesse, até porque não faria sentido ir para Nova Brasília. Não esqueci nada lá. E tem mais, você pode ficar com o carro, ainda tem mais 50 quilômetros indo pelo Oeste até Nova Brasília. É perto, vai chegar rápido.

Naquela noite, Tieta ouve cada palavra de Bernardo com perplexidade. Quem ele acreditava que ela era? Uma menina de 15 anos? Que não saberia pegar um carro e chegar num destino tão breve? Que precisaria dele para alguma coisa? Que ele seria o homem da viagem?

No silêncio que se fez, Bernardo lhe entrega a pistola.

– É pra você, vai precisar – diz, envergonhado com suas próprias palavras, apesar de decidido a ficar naquela vila militar considerada cafona e sem graça para ela.

Tieta não tinha percebido antes: a pistola dele traz consigo o nome "Bernardo" riscado no punho da arma. Um presente. Ao mesmo tempo, um cuidado. Vinha tão preocupada em julgar o rapaz silencioso que desconsiderava a hipótese de que ali se formara uma espécie de amizade. Um vínculo. Pois de Bernardo, mesmo anunciando que ficaria, brotavam algumas lágrimas contidas nos olhos.

Ele bate continência.

As lágrimas saem sem contenção.

A missão cumprida de Bernardo tinha sido completada para dar início a outra missão a ser cumprida. Talvez outra e mais outra. Até ele perceber que, de missões em missões, ele se tornaria mais um Mauro Müller. Ela queria ver isso de camarote, mas não podia. Nada diz até ele sair batendo a porta com cuidado, como se ela já estivesse dormindo.

Tieta retoma seu sono ou, num lapso de cansaço, pega mais uma vez o livro dos poetas de Angola e Moçambique até fechar os olhos.

À noite, com a janela aberta, entra um vento que se conhece no sertão por cruviana. Um vento que vem da África e atinge o solo do continente abraçado pelo Oceano Atlântico. Tieta sente os haustos de uma brisa fria. Uma leveza antiga. O vento até poderia ser Noémia de Sousa, pensa. Até porque alguns senhores e senhoras mais antigos associam o vento a supostas almas que andam pelas casas e pelas matas. Como se entrassem nas casas procurando um lugar de morada.

Pois, interrompendo o prazer do vento durante a noite, além do sono, uma chuva de tiros cai como os estampidos de uma tempestade. Como se a tempestade alvejasse o telhado com seus pingos d'água. Era dispensável lembrar, mas Tieta lembrava: as rajadas de tiros contra os retirantes eram de tarde, na hora em que ela e Bernardo chegaram, mas também eram de noite, quando as corujas sobrevoam telhados e árvores. Não era sonho.

Ela desiste de dormir, sai dos lençóis e perambula pelo meio da casa com uma camisola. Olha no relógio: são 1 da manhã. Pareciam pontuais na variação das 12 horas de intervalo entre uma sessão de tiros e outra. Como, em regra, agem os antibióticos. Bernardo devia estar muito cansado, pois sequer foi visto. Os tiros a fazem sair da casa e encontrar pessoas diversas indo ao encontro de uma torre no meio da praça.

As ruas de Brejo das Almas, à noite, são iluminadas por candeeiros e alguns poucos focos de luz elétrica nas casas. A luz precisava ser racionada, lembra. E não à toa, correm mulheres e crianças para a torre. Sobem dois, três, quatro, cinco andares. E assistem ao espetáculo dos tiros.

Não tinha outra chance de ser diferente: três atiradores, de óculos, máscaras e escudos alvejam homens, mulheres, crianças e cachorros desprotegidos. O sangue é visto ao longe, mas é sentido também no cheiro da fumaça e nos gritos até dos animais da noite. Piados de corujas, em sons que chegam trazidos pelo vento para a torre de transmissão de rádio. Um lugar que, como depois ela soube, tinha sido improvisado para o espetáculo dos tiros e era frequentemente reservado para outros militares e as poucas esposas e filhos dos três atiradores. Como Tieta era de fora, eles permitem, com orgulho, que ela observe seus colegas, maridos e pais de família matando os retirantes.

Uma cena que se repete. Tieta boceja.

Após alguns minutos ela desce da torre. Não compartilha da diversão encontrada pelos demais em saber quantos retirantes os três atiradores mataram. Ela segue de volta para casa, encontrando ao longe a lembrança dos estampidos de chuva de quando estes caíam no telhado da sua antiga casa de infância. Não à toa, ela lembra as chuvas fortes em noites trovejantes e também os pingos mais ralos das chuvas de verão.

Ela se deita novamente e tenta ler até o sono chegar, fechando os olhos e lembrando sua infância. E relembra o poema de Agostinho Neto:

> "Aqui no cárcere
> a raiva contida no peito
> espero pacientemente
> o acumular das nuvens
> ao sopro da História
> Ninguém
> impedirá a chuva".

Para ela, tanto faz. Tudo tanto faz.

A cruviana traz coisas boas, inclusive uma boa noite de sono.

CAPÍTULO 3

VOÇOROCA

Tieta tenta o terceiro caminho para chegar a Nova Brasília. Ela está sozinha no carro. O barulho do motor se faz ouvir. Todos os demais caminhos estão tomados por voçorocas. Lembra que leva consigo o livro dos poetas de Angola e Moçambique, suas duas malas e a arma com o nome "Bernardo" cravado no punho; o que acha brega, mas não quis dizer. Traz consigo também uma desconfiança de que, se fosse para Nova Brasília, levaria algum tempo para voltar. Ou não voltaria mais.

Ao saírem da casa em que estavam hospedados, Tieta e Bernardo foram recebidos num café na casa do comandante em que ele ofertou um brinde à memória do general Mauro Müller. Nada mais falso. Todos sabiam que Mauro era o primeiro a suplantar a intervenção militar. Acontece que as aparências precisam ser mantidas. E Bernardo, mesmo triste na mesa do café, segurou a mão de Tieta e lhe disse "boa sorte". Isto tudo alguns minutos antes de verem ela pegar o carro e seguir viagem sem olhar para trás.

Na estrada, a paisagem se torna ainda mais seca. Não se vê muitas árvores verdosas no caminho, a não ser os cactos e arbustos que crescem à revelia das voçorocas que avançam com mordidas em suas próprias beiradas, puxando a terra para baixo, sugando toda e qualquer coisa próxima para um infindo breu. Ela ouve o eco infernal que vem das voçorocas cada hora mais intenso. Voçorocas imensas infestam a paisagem, de um lado e de outro, na esquerda e na direita, à frente, na borda das serras, e até mesmo as devorando.

À volta de uma delas, novos retirantes de mãos dadas parecem rezar em redor do buraco e, de olhos fechados, com os rostos voltados para o sol, esperam a nova mordida que irá mastigá-los para dentro do buraco. As orações não se confundem com os sons da voçoroca, porque estes se mostram mais graves. Uma criança, de mãos dadas com o pai e a mãe, se vira e olha para Tieta passando de carro. Seus olhos se encontram. Parece nunca ter visto um carro. Estava condenada à morte e não sabia. Ou talvez soubesse. Sentiria medo? Nunca saberá.

Tieta se afasta desses pensamentos. Olha o mapa, estuda a geografia do terreno em que pisa. Não quer o mesmo destino da criança. E, de algum modo, aquela criança mexeu com ela.

Nova Brasília é um local irrigado por bolsões de água no solo, ao sopé de uma chapada pedregosa gigantesca. Uma terra de minérios e pedras preciosas. Tieta, olhando o mapa enquanto se divide com a direção, percebe que um rio atravessa a cidade em direção ao sul do país. Esse rio não há de ser atingido pelas voçorocas, que aparenta ser um fenômeno, até então, de regiões de muito calor e aridez. Nada, contudo, lhe parece certo. A informação científica é insuficiente. Tudo que ela quer é chegar em sua cidade de origem. Significa muito para ela. Tomar posse daquelas terras que sempre foram suas. E desta vez serão de fato, pela primeira vez na vida.

***

Aquela criança lhe dá muito o que pensar.

O nome Tieta vem da obviedade do romance de Jorge Amado, com que sua mãe lhe batizou. Posteriormente, mesmo tendo passado muitos anos, seu pai contava aos colegas que podia até lembrar a novela de 1989 ou o filme de Cacá Diegues, de 1996, mas que aquela Tieta não tinha nada a ver com a da novela ou a do filme, e muito menos com a do livro. E que este simples nome, por diversos motivos, inspirou sua mãe a resistir a diversas censuras do avô e do pai para, enfrentando-os até mesmo com a ingestão de veneno, poder colocar-lhe o nome de Tieta.

Quando nasceu, Tieta viu um mundo em que a obra de Jorge Amado podia ser tranquilamente queimada no quintal das casas que todos, sem precisar perguntar, compreenderiam. Era um acinte mulheres, principalmente mulheres jovens, lerem o autor baiano, sob pena de censura, castigos e divórcios. A mãe de Tieta era uma delas: lia os livros de Jorge Amado até lhe secarem os olhos. Até a lombada do livro ficar desgastada com a abertura das páginas e a capa perder sua cor.

Não eram raros os rituais de se bater na mulher, mesmo com criança de colo, por ler os livros do autor baiano. Já os homens jovens tinham ali os primeiros passos no aprendizado da libido. A repressão era para as mulheres; para os homens, os livros de Jorge Amado eram um convite para o aprendizado da masculinidade. Mesmo assim, a moral cristã impedia.

Tieta criança via a mãe resistir e colocar os livros no quarto de despejos da casa, entre frutas e verduras. Curiosa, algumas vezes os achou e levou para o pai perguntando o que era. Uma nova surra que o pai dava na mãe era presenciada pela menina, que desistiu de entregar a mãe por compreender que uma coisa sempre levava à outra.

Mas Tieta também tinha um comportamento repreensível: gostava de enterrar seus brinquedos. Quando nasceu, seu cordão umbilical foi enterrado no quintal. Ao crescer, enterrava suas bonecas, livros e objetos da casa. Não tinha dia em que, após a escola, não fosse vista enterrando objetos da casa num buraco, sob os olhos sempre repressores do pai e os sucessivos castigos impostos por ele.

À noite, quando o pai chegava aos gritos, vindo de alguma bebedeira, a mãe se enterrava em lençóis no quarto de Tieta para não o ver. Se tivesse a luz da lua durante a noite, embaixo dos lençóis estava sempre um dos livros de Jorge Amado que ela havia escondido entre as fruteiras. Neste momento, Mãe e filha liam juntas.

Os anos se passaram sem que houvesse mudanças, exceto pelo fato de que o avô não foi mais encontrado depois de fugir com uma cartomante e nunca mais ter dado notícias. Tieta também nunca conheceu qualquer de suas avós e, dos avós vivos, o único que conheceu foi o que fugiu. Com o tempo, ela enterrava cartas do pai para a mãe, dos primeiros namorados; os presentes de aniversário, provas escolares, livros que eram lidos, os primeiros dentes de leite.

Quando fugiu de casa pela primeira vez, sob o ar de desespero da mãe e as ameaças constantes do pai de que iria matar a jovem se a encontrasse, Tieta foi abandonada por um dos seus namorados em uma estrada erma entre o sertão e o litoral. Uma estrada como aquelas hoje tomadas por retirantes. E se viu ajudada por uma mulher misteriosa trajando um vestido de luxo, embora suas feições fossem de mulher do campo. Essa mulher conduziu a menina ainda em estado de choque para a casa da mãe, andando pela estrada durante toda a noite e parte da madrugada, e depois sumiu. Há quem diga que foi Comadre Fulozinha; outros, que foi Maria Padilha. Nessa noite, a mãe a recebeu de braços abertos. E depois, com tapas na cara.

Os meses se passaram como os dias: lentos, ensolarados e cruéis.

O pai, lembra Tieta, ficava cada dia mais gordo e terrível: afastara-se da polícia e então passou a ficar em casa por mais tempo, aterrorizando a família e disparando o ódio contra tudo e contra todos por ter perdido o movimento da perna esquerda ao ser ferido com um tiro na altura do quadril. Era leiteiro e foi pego de surpresa. Um acinte. A mãe desejava que ele tivesse levado um tiro logo na cabeça e, assim, perdesse a capacidade de aterrorizar aquela casa. Ou que, se ainda fosse para aterrorizar, o fizesse só como um fantasma. Uma cruviana desavisada e incômoda.

Por cerca de três meses, a barriga de Tieta passou a crescer como as goiabas que inchavam nos pés do quintal da casa de seus pais. E ela, discretamente, leitora dos livros de Jorge Amado, acreditava que as pessoas eram como as frutas. Irrigadas, ensolaradas e nascidas da terra. Que tinham de crescer, engordar e frutificar. Ideia que se multiplicava pelo prazer que ainda tinha de continuar enterrando coisas em lugares ermos. Ainda que fossem gafanhotos, lagartixas e bichos mortos.

Em um dia, quando a mãe e o pai foram à missa e a filha ficou em casa sob os sintomas de uma febre que se arrastava por dias, ela saiu ao quintal e viu um imenso buraco provocado pelas chuvas. O buraco se estendia crescentemente, com metros e mais metros de extensão. Nele, ela entrou impaciente e ali mesmo expeliu um objeto de seu corpo que não conhecia. Um misto de carne, sangue e um formato de feijão com olhos e aspecto assustador. Havia chuva, e as chuvas derrubavam encostas, promovendo a formação desses buracos como se fossem feridas no meio do nada. As feridas que havia dentro da casa, pelo contrário, desmoronavam e não tinha quem as estancasse.

Anos depois, Tieta conhecera Mauro. A passagem de ida para a capital não compreendia a de volta. Porque nunca existiu. Aquela era uma paixão repentina por um homem que lembraria muito seu pai. E Tieta só se mostrou arrependida de não ter feito o que fez com Mauro antes porque o plano urdido pelas Forças Armadas veio muito tarde; na verdade, num ritmo que nem era o dela. Bastou o general desobedecer ao exército que sua morte se tornou inevitável.

Antes de ir embora de casa com o jovem militar, Tieta ainda visitou o buraco em que havia expelido o feijão mágico. Era assim que ela o chamava. E só tinha ido se despedir do último objeto que enterrou por esses tempos todos porque aquilo significava algo. O feijão mágico que não cumpriu sua função de frutificar como as goiabas. Ou de receber todos os nomes mais belos ou mais feios.

Anos depois, Tieta soube, através de uma carta com o brasão das Forças Armadas, que seu pai tinha dado um tiro em sua mãe e depois tinha se matado. Com a mesma arma. Depois do feijão mágico enterrado, Tieta não acredita que perdera o nome que daria ao filho abortado. Jorge Amado, sim, perdeu um romance.

***

Voçorocas, voçorocas por todos os lados.

Vermelhas, extensas, profundas, barulhentas, vorazes.

Com o carro a 80 quilômetros por hora, Tieta percebe uma delas engolindo casas, comércios e igrejas ao passar por dentro de uma pequena cidade conhecida como Vila Nova. Não há população, todos aparentemente fugiram do desastre que se avizinha. As casas sem pessoas demonstram sua fragilidade para saqueadores: estão reviradas, com janelas e portas abertas. Por dentro, tudo de valor aparentemente fora levado. Sofás se encontram esburacados por facas, móveis estão quebrados, predominando um aspecto de terra arrasada.

A igreja resiste com dificuldade, mantém-se com a torre ainda apontando para o céu, mas metade dela se encontra engolida pelo longo e tenebroso buraco. Até que uma nova leva de terra cai ao redor das bordas da voçoroca e a igreja é engolida inteiramente.

O carro passa distante, mas passa com cuidado.

Ouve-se o som emitido pela voçoroca no horizonte como se fosse um alarme.

Não há ninguém. Apenas Tieta.

Ao fim da cidade, Tieta acelera, ganha velocidade. Vê alguns poucos retirantes que desistem da estrada e caminham pelo mato buscando rios, casas e onde possam pegar o que necessitam. Comida, principalmente.

Ela olha o mapa, mais alguns quilômetros ainda faltam.

Sente um tiro na lataria do carro.

Acelera.

Lembra que nas casas devassadas pelos saques tem de tudo, inclusive armas.

***

Ela segue o mapa. Faltam 30 quilômetros para chegar a Nova Brasília.

Na estrada, um bando de urubus cruza o horizonte. Parecem migrar para outra região.

Tieta percebe que os retirantes andam espalhados pelo matagal além da estrada. Não ouve mais nenhum tiro. Mesmo assim, ela anda em alta velocidade. No rádio, a frequência volta. Possivelmente retransmitindo um sinal através da torre de Brejo das Almas. Ela ouve o que parece ser um jornal da capital do estado:

"No seu Jornal da Manhã, temos mais notícias do misterioso suicídio do general Mauro Alberto Constant Müller".

"Ora, todos sabem que todo mundo aqui na redação tem absoluto respeito e deferência pelas nossas Forças Armadas, que eu costumo dizer Forças Amadas, porque são amadas sim. Pelo povo, pela redação, pelo nosso país. Inclusive, o nosso presidente interino é a prova disso porque veio aqui nesta rádio e disse que a situação das voçorocas terá um destino certo. Mas acontece, meus amigos e minhas amigas, que o problema pode não ser só por aqui".

"O governo deu por encerrada a missão no Haiti. O governo que assume a presidência daquele país já conseguiu tomar todas as rédeas da situação e não necessita mais da ajuda externa. Foi um sucesso. Um saldo do qual nossos soldados hão de lembrar para sempre e levarão adiante. Nossos mais caros abraços a todos os responsáveis e participantes. Inclusive, ao finado general Müller, que nos deixou, como todos sabem, ao dar um tiro de escopeta na cabeça trancado num quarto do hotel Independência".

Tieta quase para o carro. Não acredita. Um tiro de escopeta.

"...ao chegar nas dependências, segundo os peritos, pedaços da cabeça do general se espalhavam por todo o quarto. É lamentável, como temos falado aqui todos estes dias. Acontece que o presidente em exercício nos trouxe mais informações, vindas diretamente dos comandantes responsáveis pelo Haiti".

"Todos sabem que o general Müller foi o primeiro a liderar as primeiras missões naquele país, depor o presidente antigo e dar todos os pré-requisitos para que a democracia se instalasse e o povo haitiano pudesse respirar aliviado com um novo período de paz e prosperidade. O presidente, contudo, nos trouxe novas informações".

"E todos sabem que essas informações não maculam, de maneira alguma, a galhardia e o orgulho que temos do nosso exército, dos nossos soldados. A missão, porventura, mostra que, ao cumpri-la, fazemos jus aos doze anos que passamos naquele país. Portanto, pensem nos familiares dos soldados, nas mães, nas esposas, nas filhas e nos filhos sem os pais. Todos servindo à pátria ao conceder esse favor ao nosso país irmão".

"Então, pensem nisso, senhoras e senhores, para receber a informação que eu vou dar aqui em primeira mão. Um dos memorandos recebido pelo presidente em exercício foi de uma investigação realizada pelo Comandante Cid, um dos nossos mais bravos soldados à frente da guarnição norte no Haiti. E o que foi apurado pelo comandante é que o nosso general Mauro Müller foi envolvido ou envolveu-se, pois as investigações seguem em curso, numa rede de prostituição de menores agenciada por soldados estrangeiros".

"Não se sabe ainda como, nem onde, nem por quê. O general foi visto em casas diversas, rodeado por soldados gringos e sempre cercado de meninos e meninas. Algumas vezes no correr da noite, mas outras vezes à luz do dia. Sem o menor pudor ou discrição. São informações, senhoras e senhores, que nos levam a compreender o tal estado de inconformidade mental que teria levado nosso general a cometer este ato tão drástico contra a própria vida".

"A nossa missão, senhoras e senhores, é a de cumprir o nosso destino manifesto. Não só em nosso amado país, mas nos países amigos e parceiros".

Silêncio. Tieta ouve ruídos por trás do microfone do radialista, mesmo com a frequência do rádio se mostrando perfeita.

"Logo voltamos com mais informações e comentários sobre esta triste notícia".

***

É comum a associação que todas as pessoas fazem entre ela e Mauro Müller, mas jamais poderia pensar que as Forças Armadas pudessem dar um tiro de escopeta na cabeça dele para simular um suicídio. Também não ajudava, certamente, ter matado o homem com uma faca na garganta. Ela havia de convir que era difícil simular um suicídio com alguém tendo sido atravessado no pescoço com uma faca.

Só não precisavam ter estragado sua obra de arte.

O carro anda a 120 quilômetros por hora, uma velocidade segura: permitiria Tieta desviar de qualquer armadilha e, ao mesmo tempo, não demorar tanto para chegar a Nova Brasília, mesmo se perguntando o que deverá encontrar ao chegar na cidade, tendo saído por tantos anos da região e nunca mais regressado. Sim, foram mais de 20 anos sem pisar em Sertões Novos e muito menos na cidade que lhe tomou as fronteiras e ficou conhecida como Nova Brasília. Uma cidade crescida sob os escombros de uma gente rural e suburbana, que levou progresso e rendimentos mais elevados para quem foi parar lá.

Mauro, então general, comprou todas as terras que eram do avô de Tieta e de seus antepassados. Sobre ela, ergueu-se o centro financeiro de uma região marcada por levar a água e a prosperidade ao alto sertão. De longe, segundo quem passou por lá, já se avistavam prédios. Construções que eram difíceis de se ver pela área, embora a água e a migração tivessem levado para a maioria das cidades um pouco de civilização.

Seria um suicídio para ela, pensa, pois não sabia o que poderia encontrar. Não sabia quem poderia resguardar seu direito. Fia-se apenas e tão somente no fato de que é a viúva do então general Mauro Alberto Constant Müller, o herói do Haiti, mas também aquele que foi visto em torno de casas que prostituíam menores. Ela lembra dos presentes que levava consigo, das discussões tidas com ele, do quadro que achou no quarto do hotel e também viu na pousada daquele major em Cruz das Armas. Do arrependimento, por fim, que o levava a sabotar os planos das Forças.

Como uma detetive a 120 quilômetros por hora, Tieta busca criar um esquema em sua mente que a levasse a entender o arrependimento do general e sua decisão de jogar por água abaixo os planos da intervenção. Seria nomeado general e comandante de todo o exército? Sim, mas também iria contra a instituição que lhe deu guarida, inclusive nessas aventuras moralmente repreensíveis lá no país distante a que ele ia sempre.

Tieta olha vez e outra o mapa, para saber se perdeu o caminho de Nova Brasília. Seus pensamentos se misturam, ela também tenta entender as motivações de Mauro e o seu desejo de voltar ao Haiti. Percorre a pista desviando de encostas já rachadas por imensas voçorocas que se aproximam. Dirige no automático. O rádio desligado, as voçorocas cantando seu Ôm macabro, os retirantes ao longe, em bandos, como os urubus no céu. João Pessoa, Campina Grande, Cruz das Armas, Brejo das Almas, Vila Nova e agora Nova Brasília. A pista cada vez mais acidentada, as encostas rachando, as voçorocas crescendo.

***

Passado um conjunto de voçorocas gigantes tomando espaço, vem uma estrada de calmaria: uma pista em linha reta, uma nova cidade no horizonte, já próxima. Redenção. A placa anuncia Nova Brasília a 15 quilômetros. Tieta se esquiva de pensar em tudo. Leva consigo o mapa, duas malas de roupas, uma mochila com arma, carne seca, biscoitos e poucas frutas. Além de uma pistola cujo cabo tem a inscrição do próprio Bernardo. E nesse momento, ela se pergunta como ele podia estar se saindo, recebendo ordens dos comandantes de Brejo das Almas; se estaria entre os três atiradores que varrem todos os dias a cidade dos retirantes; se ocuparia alguma posição na central de rádio que anuncia as notícias.

Mais próxima, ela avista um portão na entrada da cidade. Não há outro acesso para Nova Brasília. Aproxima-se, percebe que está aberto e não há ninguém na vigília, motivo mais que suficiente para ela empurrá-lo com o carro e o portão se abrir mesmo com alguma dificuldade, mostrando uma cidade fantasma, com carros abandonados, casas saqueadas e um cidadão, em farrapos, clamando por ajuda.

Já era meio-dia.

Tieta, percebendo ser um velho, e não havendo sinais de saqueadores próximos, encosta o carro já com uma maçã na mão para lhe oferecer em troca de uma informação.

– Aqui, meu senhor, o senhor é daqui?

– Sou, sim senhora, e muito grato, tem água?

– Tenho – responde e joga uma garrafa.

O velho bebe a garrafa em questão de segundos. Em seguida, abocanha a maçã e a devora.

– Tome esse pacote de biscoitos também – diz Tieta, percebendo a fragilidade na idade avançada do sujeito. – Agora me responda se o acesso para Nova Brasília está livre. Venho de muito longe, tenho terras lá e quero ir ver os familiares – mente, para provocar comoção.

– O acesso está livre, mas por falar em família, queria lhe pedir um imenso favor.

Ela percebe os olhos marejados, a expressão sertaneja, o sorriso franco e sincero que lembra o do seu avô.

– Pode falar.

– Meus familiares estão presos no cercadinho que tem na cidade. Aqui, antes de você chegar, tinha um monte de gente armada, regulando a comida, a água, tudo. Eram os donos de tudo. Quando o buracão ali começou a comer a cidade, pegaram os carros que tinham e se foram. Mas olhe – se interrompe, abrindo o pacote de biscoitos. – Eles não soltaram quem trabalhava pra eles. Tão tudo no cercadinho e só um carro pra derrubar o portão. Já tentei, com muita força.

– E o senhor não estava lá com eles?

– Tava. Mas consegui me arrastar por uma encosta e saí com a promessa de encontrar um carro ou uma ferramenta pra quebrar o cadeado.

Tieta manifesta certa impaciência. Duas noites, vários entraves, muitas distrações e nada de sua chegada. Sim, de nada custava ajudar o senhor, o que a levou a indagar:

– Onde é?

Em pouco mais de três quarteirões que ela percorreu de carro e o velho a pé, ela encontra um imenso cercadinho repleto de pessoas. Cerca de cem pessoas gritam ao ver o carro. Os sorrisos, os olhares, as expressões de que estariam finalmente salvas. Mal sabiam do caminho, da estrada, dos retirantes, das metralhadoras, de Brejo das Almas, de Cruz das Armas, da morte certa. Só conheciam, pelo visto, o que era a servidão.

Sem palavras, Tieta acelera o carro em direção à grade do cercadinho, avança e a destrói.

Os prisioneiros saem exultantes, esperançados; mal olham para o carro, mal dão atenção à comida e à água que ela trazia; mal querem saber o que tem dentro ou quem está no carro. A liberdade lhes basta, como a água e a comida que bastaram para o velho apontar o caminho de Nova Brasília.

– Muito obrigado, senhora – despede-se o homem, com um sorriso no rosto, acompanhando a família.

Mal sabiam de tudo. Tinham um mundo inteiro a desafiar pela frente; longos trechos de estrada, calor e possibilidades muito restritas de continuarem vivos pelas próximas horas. Acontece que a liberdade pôs um sorriso nos rostos de quem se acreditava comido pela imensa voçoroca. E isso basta para tornar qualquer indício de alegria uma felicidade eterna, ainda que por alguns instantes.

Ela, pelas conversas dos que saíam do cercadinho, soube que esses campos são comuns. Ou assim ela intuiu das falas daqueles que se libertaram de outros. E eram vozes de quem nunca mais queria voltar para um dos cercadinhos que faziam para deter o avanço dos retirantes para as grandes cidades. Sabia também que os soldados estavam ali cumprindo ordens. Que a voçoroca em algumas horas devoraria todo o local: sua igreja, suas casas, sua gente.

Sim, era preciso seguir viagem.

***

Por mais que imaginasse como seria sua chegada em Nova Brasília, não esperava encontrar prédios destruídos, casas arrombadas, carros abandonados, tal como as cidades que viu pelo caminho. Não, no seu imaginário Nova Brasília era um oásis de civilização incrustrado no alto sertão, exibindo o desenvolvimento e a evolução social por todos os lados.

O portão que esperava encontrar na cidade está aberto. Sem vigília.

Exatamente como o último.

Tieta imaginava que Nova Brasília fosse uma Cruz das Armas mais desenvolvida. E mesmo que tivesse os cercadinhos para o trabalho mais manual, haveria uma maior noção de participação dessas pessoas na vida em sociedade. Não, não tem nada disso. Pois o que ela vê são escombros e mais escombros; entulhos, prédios abandonados e todo o aspecto de uma cidade deixada às baratas.

Também não se vê voçorocas no horizonte. Pelo menos nisso, tem algo de positivo, pensa ela.

Um tiro no carro estilhaça o vidro traseiro.

Tieta fica desnorteada e acelera. Até passar numa corda cheia de pregos, que fura os pneus do carro e a faz bater numa casa.

Ela sai, desnorteada, esquece as malas e pega a pistola na mochila. Se esconde. Não sabe de onde o tiro veio.

Outro tiro. Fura o último pneu do carro.

Foi para assustar, pensa ela.

Após horas e mais horas de viagem, tantas coisas que viu e

viveu, ela percebe estar cansada; num arfado, sente que está completamente exangue nas pernas e nos braços. Não aguenta mais cenas de ação.

– Arma no chão! – ouve uma voz se aproximando por trás.

Ela põe a arma no chão.

– Chute pra trás.

Se aproxima dela um homem. Nem alto, nem baixo, com uma longa barba e um boné; aparenta ser um soldado, mas não tem farda, não tem colete ou aspecto de soldado. Um retirante, pensa ela, presumindo que acabaria roubada e morta às portas de sua antiga casa.

– Se preocupe não, que a gente não vai fazer nada não – diz ele, pegando as malas no carro, a mochila, todos os pertences de Tieta e dando um assovio para outros surgirem.

Das encostas dos prédios, surgem dois homens e uma mulher. Os dois apresentam um aspecto semelhante, com uma farda improvisada de camisas velhas, coldre e duas metralhadoras. A mulher tem apenas uma camisa regata, uma calça jeans e um revólver.

Todos apontam para Tieta, se aproximando.

– Eu posso falar? – pergunta Tieta, exaurida, ajoelhando-se, mal se podendo em pé.

– Fale, senhora, ninguém tá lhe impedindo – diz o de barba.

– Eu preciso chegar em casa. Minha casa é por aqui.

– De onde a senhora é?

– De Nova Brasília, mas quando saí daqui ainda se chamava Sertões Novos.

Todos se olham.

– Eu sei onde é – diz o de barba.

– Sabe? Então por que não me leva lá? Eu sou a dona dessas terras aqui, viúva do general Mauro Müller, vim aqui cobrar o que é nosso, ele morreu recentemente, tem gente muito importante vindo atrás caso aconteça algo comigo.

Todos se olham novamente. Ninguém diz nada por alguns minutos.

– Certo, eu tô mentindo – diz Tieta. – Não tem ninguém vindo em meu socorro. Mas eu sou tudo que disse. Só vim ver minhas terras. Não quero atrapalhar nada.

– Nesse fim de mundo, com esses buracos comendo tudo? – somente o de barba fala, os outros olham em redor desde que foi anunciado que soldados pudessem vir socorrer Tieta.

– Não tem nada que impeça a gente quando se trata do que é nosso.

O de barba revista a mochila e as malas de Tieta, vê os documentos, soletra o nome dela completo:

– Tieta Aparecido da Silva Müller.

O de barba encara os demais, que se olham e fazem sinais que ela não entende, para então perguntar:

– O que você é do major Lucas Aparecido?

Estranhamente o homem de barba cita para Tieta, já quase deitada no chão empoeirado, um nome que a faz olhar os demais com certa curiosidade, ainda que com o medo de não saber o que esperar depois das próximas palavras.

– É meu avô.

Ela não tem qualquer dúvida sobre o parentesco ou a audição do nome pronunciado pelo homem de barba. É comum, nos sertões, o sobrenome Aparecida, vindo de Maria da Aparecida, a santa, sob cuja proteção nascem os filhos que vêm ao mundo com problemas de insuficiência respiratória, mas Aparecido não. Aparecido, no masculino, não é tão comum, e faz a identidade de sua família na antiga região dos Sertões Novos ser reconhecida.

Depois disso, os dois outros homens levantam Tieta, lhe entregam a mochila.

– Certo, dona Tieta, você nos acompanhe agora.

Ela sai, andando junto de sua mochila, as duas malas sendo levadas pelos que estão com as metralhadoras. O tempo inteiro a mulher loira, que não disse nada desde que Tieta chegou, segue na retaguarda à espera de alguma emboscada.

Depois de dois quarteirões, eles chegam em uma picape. O de barba tira um saco da caçamba e entrega para Tieta.

– É para colocar na cabeça? – pergunta ela.

– É caso vomite.

Ela e os demais vão na caçamba com as armas baixas, mas os olhares desconfiados não baixam a guarda um segundo. A picape arranca com velocidade e passa por prédios caídos, escombros, carros e estradas fechadas. Se Tieta imaginou que o saco fosse para tapar a visão, logo pôde entender sua real função.

Espalhados por uma via, muitos corpos abandonados ao relento apodrecem sob a sanha de urubus que os cercam. Ante a falta de explicação e o silêncio de todos, que preferem olhar para outros pontos do horizonte que para as carcaças humanas, não há qualquer razão que explique uma rua inteira cheia de ossos e esqueletos descarnados. E mesmo sem enjoar, Tieta ouve a mulher de regata falar:

– Não fomos nós.

Tieta não diz nada. Também não sabe o que houve ali. Por ter tido sua arma retida, estar vulnerável e com todos sabendo quem era, ela se entrega de corpo e alma, sem saber qual dos sobrenomes que carrega é o mais importante para sua sobrevivência: se o Aparecido do avô; se o Müller do ex-marido. Em Sertões Novos, talvez o Aparecido seja o sobrenome mais importante, a depender das circunstâncias e do rastro que este tenha deixado no mundo afora.

Não demora e a picape chega em um sítio chamado Nova Brasília / Sertões Novos. É um tanto distante da cidade, numa área visivelmente rural pela qual o carro penetra com dificuldade por pedras rochosas subindo uma ladeira íngreme que dá acesso a uma montanha. Cada vez mais parece, para Tieta, que a população de Nova Brasília tinha fugido para a capital ou por algum motivo havia sido carbonizada naquelas vielas.

São muitas perguntas. A todas elas, diante do grupo silencioso, Tieta busca respostas evasivas, tentando ainda mentalizar que Nova Brasília não era só aquilo. Que tinha chance de reconstruir a civilização que se fazia do lado das pedras e de um rio que atravessa toda a cidade; um rio que faz falta não ter visto ainda, onde se banhou muitas vezes em sua infância.

São muitas pedreiras.

A picape sobe aos solavancos a curva íngreme em direção ao topo da montanha.

No topo, uma casa grande de fachada vermelha; janelas grandes, coloniais; azulejos portugueses e uma ampla varanda. Para entrar nela, um grupo de homens abre uma porteira e o carro estaciona próximo. De dentro da casa, sai um senhor magro e barbudo, de chapéu grande e camisa de botão. Usa óculos escuros e sinaliza para que trouxessem a visitante para dentro da casa. Que o acompanhassem. Pois ele entra na casa antes.

Na entrada, um amplo corredor é revestido com bolas estranhas de um lado e outro, como se fossem um ornamento, pois não há paredes no corredor, somente bolas com uma curiosa viscosidade ao se encostar e um cheiro acre que rescende delas.

– Cuidado! – alerta o motorista da picape, o homem de barba. – Não encoste na parede.

Ele liga a luz do corredor.

As bolas que ornam o corredor são olhos humanos.

E olhos afixados na parede revestida por um tecido com pregos. Todos com a íris direcionada para quem entra. Uns mais descarnados, outros não. Porém, muitos olhos. Pequenos, grandes, verdes, escuros, azuis. Uns com sangue seco, outros sem. Em alguns pontos, pendendo como se fossem lustres, olhos guardados em potes como se fossem prendas valiosas. No teto, olhos afixados para baixo com vários pregos dividindo o espaço com um lustre muito antigo e que ilumina o ambiente.

– Venha – disse o homem da barba. – Acabou o show, me acompanhe.

Os que carregam as coisas de Tieta apressam seus passos. Ao penetrar a casa, toda decorada em móveis com madeira de mogno e um luxo que contrasta com tudo que se viu até então, Tieta encontra o senhor que a recebeu sentado numa cadeira de balanço diante daqueles que chegam. Ao centro, uma xícara de chá e alguns biscoitos.

– Pode se chegar, minha filha – fala o homem.

Ela se senta no sofá de veludo vermelho, diante do velho, e, ainda com aspecto cansado, serve-se da xícara e dos biscoitos, intuindo que seja mesmo para ela. Não olha para o senhor, mas para fotografias de voçorocas nas paredes e apenas um quadro ao centro da sala, que ela reconhece como a reprodução malfeita de um quadro de Kandinsky que exibe buracos multicolores destonados. A tentativa de um bom gosto. O olhar de Tieta é acompanhado pelo sujeito, que conserva uma expressão de riso no rosto e um bom humor retirado das profundezas de um poço lúgubre.

– Gostou? – pergunta ele.

– Muito.

Ela termina o chá em segundos, com sede.

– O que lhe traz aqui minha filha?

– As terras.

– Quais?

– Tudo isso aqui e o que o senhor vê quando vai até a varanda.

– Tudo aquilo?

– Tudo.

O homem olha para as paredes, coça o bigode e procura uma nova pergunta.

– O que te faz achar que é dona de tudo isso aqui?

– Porque eu sou dona no papel.

– Ah, papel... – ele reflete, falando alto. – O papel que vai fazer as voçorocas pararem de comer tudo?

– O papel que diz que essas terras foram compradas pelo general Mauro Müller, com quem fui casada.

– Hum... Uma esposa de general... – ele continua repetindo, aparentando desprezo. – E onde ele está agora?

– Debaixo de sete palmos de terra.

– E quem o matou?

– Ele próprio se matou.

– Quanta ingratidão ter comprado essas terras e se matar antes de ver como elas ficaram – o senhor abaixa o tom de voz, sarcástico. – Porque eu acho que ele comprou quando o mundo não tinha desabado ainda debaixo dos nossos pés, quando esses papéis ainda valiam alguma coisa.

– E por que não valeriam mais?

– Olhe ao seu redor quando acordar amanhã – o velho desafia. – Onde sua vista alcançar está tomado por um breu danado, buracos gigantescos cantando um som grave infinito, comendo pedaços de terra, cidades, animais.

– Eu pude conhecer alguns pessoalmente – Tieta não resiste aos biscoitos e fala enquanto come.

– Aí um papel vai dizer que essas terras são suas.

– Hoje são, mas já eram antes, de herança.

– De quem?

O homem de barba que dirigiu a picape intervém:

– Ela é neta de Lucas Aparecido – diz ele, de trás de Tieta, acompanhando parte da conversa.

– Ah, é? – pergunta o velho, com o mesmo tom irônico.

– Sim, senhor – ela responde.

– Então, você é uma convidada especial – diz ele, se animando. – Jacinto, pegue as coisas dela e ponha no quarto com a varanda, porque se ela disse que conhece as voçorocas, ela vai ser acordada por elas no canto da manhã, porque eu particularmente até acho bonito.

Tieta não sabe precisar até que ponto o seu anfitrião fala a verdade ou se somente está sendo irônico.

– Devolvo a arma dela, Seu Carlos? – pergunta o empregado.

– Devolva. Mas amanhã a gente conversa sobre sua vinda e os seus papéis – disse, olhando-a nos olhos e saindo da sala.

As malas foram colocadas no segundo andar do casarão que mais parece uma das pousadas em que Tieta dormia com algum custo. De longe, ela ouve o canto das voçorocas. O vento o traz. Faz frio e talvez venha delas.

***

Tieta acorda num quarto todo amadeirado. A mesa de cabeceira e os móveis a impressionam. Têm aspecto de cuidado em cada detalhe. Coisa que ela não via ser vendida nem nas lojas de luxo por onde passou.

Ouve uma batida na porta.

– Opa, você tá acordada? – pergunta uma voz feminina do outro lado.

– Estou sim. Pode entrar.

A loira que a rendeu no dia anterior entra. Aparenta não ter dormido direito.

– Seu nome é?

– Amanda.

– Pois Amanda, diga ao Seu Carlos que eu já estou descendo. Vou só tomar um banho e descer.

– Certo. Eu ia avisar que o café está servido.

A loira faz uma menção de ir embora, mas se detém.

– A senhora dormiu bem?

– Dormi, sim – Tieta responde um pouco surpresa com o interesse da moça. – O frio que faz de noite me lembra minha infância. Eu morei aqui faz mais de 20 anos.

– Devia ser bom naquela época.

– Tudo tem seu lado positivo e negativo.

– Mas agora você olhe na varanda e vai ver o quanto os buracos comeram.

Tieta se levanta, se dirige até a varanda do quarto. Até então, não tinha uma ideia real do diâmetro das voçorocas. Vistas de cima, ela percebe que são maiores que um estádio de futebol. Que se multiplicam e crescem em diversos pontos, fazendo do horizonte um queijo suíço todo esburacado com poucos acessos entre elas. Curiosamente, ela vê que as voçorocas preservam o espaço para as estradas. Dá caminho para quem chega. Se não fosse assim, jamais teria chegado ali.

– Realmente, Amanda. É algo bonito e também assustador.

– É, sim.

– Como vocês vivem aqui?

– Vivemos como dá. Aqui em cima tem casas nas laterais desta casa do Seu Carlos. Somos uma comunidade em que todos trabalham pra ele. Tem plantação de milho e arroz, galinheiro. Só descemos para caçar outros animais, procurar arma e tudo que acharmos no caminho. A montanha dificulta os tortos de subirem. Também dificultam as voçorocas de aparecerem. Aqui estamos muito seguros – ela faz uma pausa, parece refletir. – E estamos armados até os dentes! – parece se orgulhar.

– E o que são aqueles olhos na entrada.

– Presentes de guerra.

Tieta faz que não compreende.

– Há dois anos – a loira continua. – Um destacamento do exército quis invadir o sítio para fazer uma facção.

– O que é isso?

– Uma facção são aqueles acampamentos de trabalho forçado que você deve ter visto pelo caminho. Na verdade, aquilo é para fazer as pessoas morrerem de trabalhar antes de chegar à capital do estado e ninguém acusar o exército de genocídio – ela explica. – Pois bem, o exército nos descobriu e quis tomar essas terras.

– E vocês resistiram e arrancaram os olhos dos soldados?

– Para quem tiver chegando saber que está sendo vigiado – Amanda para, pensa e completa: – E para saber com quem está lidando.

– E com quem estamos lidando, Amanda? – pergunta Tieta, com ares de certo cinismo, sem olhar para Amanda enquanto contempla o horizonte.

– Com Seu Carlos e seus guardas. Aqui somos seis, mas muito bem-preparados.

– Só tem você de mulher?

– Só.

O rádio dela emite uma voz.

“Alô, Amanda, precisamos de você aqui”.

“Estou indo”.

Ambas se despedem. Tieta segue contemplando as voçorocas.

***

Como no distante hotel Independência, Tieta ouve o salto de seu sapato reverberando na acústica da casa ao descer as escadas. Ela se sente a senhora da casa, sobretudo por acreditar que somente ela está ali de visitante. E percebe que em cada canto da casa tem fotos das voçorocas, como se elas significassem algo para além da extinção de toda e qualquer forma de vida naquela região. A reprodução desbotada do quadro do Kandinsky, ao centro da sala, é o detalhe mais bizarro. A realidade, pensa ela, pode parecer ainda mais abstrata que o quadro: olhos na entrada da casa, uma casa perdida no alto de uma montanha pedregosa, jagunços armados até os dentes para defender uma propriedade onde estava localizada sua antiga comunidade de Sertões Novos.

– Olha só quem vem! – exclama o senhor Carlos, já sentado e servindo-se do café numa mesa farta, uma mesa como ela não vê há muito tempo.

– Bom dia a todos – diz ela, observando pelo menos três jagunços na sala em posição de vigília.

– Não se incomode com esses cabras. Eles vão pra onde eu vou.

– Não fiquei incomodada. Segurança nunca é demais.

Ela se senta na ponta da mesa grande de madeira de mogno imperial defronte a Seu Carlos. Sem pedir, é servida por Amanda; a única mulher dentre eles, pensa, deve servir como uma espécie de empregada, além de ser um dos soldados. Tieta, olhando ao redor, imagina que a viagem parece ter feito ela regressar no tempo, pois tudo ali é demasiado senhorial para o século XXI.

– Então, continuando a conversa de ontem, você me disse que era neta do major Lucas Aparecido.

– Sou, sim. Ele sumiu quando eu ainda era jovem e morava em Sertões Novos, antes mesmo de Sertões Novos ser engolida por Nova Brasília.

– Engolida é um termo muito leve pra definir o que aconteceu aqui.

Tieta fica em silêncio. Serve-se do café.

– Meu Deus! Então você não sabe o que aconteceu! – exclama o velho, diante da incompreensão de Tieta. – Pois bem, Nova Brasília foi construída pelo exército nos escombros do que era Sertões

Novos, e quando eu falo escombros eu me refiro à matança generalizada que fizeram com os pescadores do Rio Araripe, os extratores de minérios, além de todo tipo de trabalhador que se encontrava por aqui, sem poupar ninguém, e tudo porque encontraram ouro por essas terras.

– Aqueles corpos que vi no caminho para cá têm algo a ver com isso?

– Não, aquilo ali foi o exército que fez com os tortos que trabalhavam pra eles. Tem nada a ver com a gente, até porque já estávamos aqui.

– Há muito tempo?

– Faz cinco anos. Vivemos aqui sem saber até que ponto o exército se dava conta do topo da montanha. Era difícil de subir de carro porque não tinha estrada. Nós improvisamos uma trilha por um caminho que eles não conheciam. Só que...

– Eles descobriram.

– Isso. Amanda já andou falando com você, pelo visto.

– Um pouco.

– Pois bem – Tieta percebe que ele repete essa expressão muitas vezes. – O exército acabou descobrindo o caminho e, numa noite de chuva, resolveram dar as caras por aqui. Mas nós já tínhamos roubado armas, tínhamos informantes, só não achávamos que eles iam querer invadir e tomar o sítio numa noite de chuva. O azar foi deles. A chuva quando cai aqui deixa tudo muito frio e nebuloso. E nisso tivemos vantagem.

Seu Carlos se interrompe, serve-se de mais café, come uma broa e olha o céu pela janela da sala, como que ofertando uma pausa dramática.

– Pois bem, então os soldados do exército não viam um palmo à sua frente, e nós já estávamos acostumados. Instalamos refletores de energia solar em alguns caminhos para iluminar os passos deles.

Cada vez que um refletor ligava era um tiro que atravessava o peito desses párias. Minha única ordem era de não dar tiro na cabeça. Porque eu queria os olhos.

Tieta percebe a menção aos olhos, mas não dá a entender que sabe da história deles, para preservar Amanda de mais essa fofoca. O velho continua sua fala:

– Aí esses olhos que a senhora viu na entrada são arrancados dos soldados nesta noite. São muitos. Os que estão em campânulas são das patentes mais altas. Os coronéis merecem um tratamento especial em todo canto. Aqui não é diferente. Veja você como eu respeito a hierarquia.

Tieta fica calada e Seu Carlos percebe: não sabe se o silêncio é por não ter mais o que dizer ou se a narrativa dos olhos foi muito escabrosa. Ele se esclarece:

– Mas eu não sou um pervertido, veja só. Quis mandar um recado pra quem entra. Que não se meta a besta, que aqui nós somos brabos quando a pessoa quer dar um golpe e acabar com tudo que construímos. Logicamente isso serve pros convidados e convidadas que não são bem-vindos, que querem nos escravizar ou roubar tudo que temos. Não é seu caso.

– Muito obrigada.

Novo silêncio, em que o Seu Carlos talvez veja que ela não sabe exatamente o porquê de ter sido convidada para um quarto de hóspedes e de estar sendo tratada como uma princesa ou algo que o valha.

– Certo – disse ele. – Pois bem, você deve estar se perguntando por que eu te chamei para dormir conosco em vez de te colocar pra fora. E foi porque você é neta do seu avô.

– Onde vocês se conheceram?

– Ele era um major do exército que veio aqui saber se precisávamos de algo. Isso muito antes da invasão. Fizemos amizade, jogávamos cartas. Ele me contou que sumiu por um tempo, andou se envolvendo com uma mulher e entrou na ayahuasca. Passou anos vivendo na selva como um soldado que abandonou suas funções. Depois, foi reencontrado numa emboscada. A opção dele era ser preso e julgado ou voltar às suas funções neste destacamento para conter o avanço dos tortos lá embaixo. E ele aceitou.

– E aí? – Tieta demonstra curiosidade.

– E aí que ficamos amigos, ele me contou de você, de sua mãe, do seu pai, de Sertões Novos, coisa que lembrávamos, pois eu também sou daqui e voltei faz alguns anos. Na verdade, todos que você está vendo de guarda nesta comunidade são daqui e tinham se mudado. Algum motivo, seja ele qual for, os trouxe de volta. Aqui, todo esse pessoal é chamado de retornado; quer dizer, a pessoa que voltou para um lugar de onde saiu e sente que esse lugar é seu de algum modo muito particular.

– Eu senti algo semelhante.

– Aqui vivia uma xamã que falava de um chamado estranho. Dizia que todas as pessoas que saíram daqui em algum momento de suas vidas iam sentir um chamado para voltar.

– E o meu avô sentiu o chamado?

– Como ninguém. Ele foi o maior dos retornados. Era ele que nos trazia armas, mantimentos, às vezes até comida. Alguns animais para criação. Vivia aqui. Às vezes, dormia no mesmo quarto em que você está. E guardava segredo, não dizia a ninguém da nossa existência. Até que...

– O quê?

– Ele foi seguido por um soldado e esse soldado resolveu dar um tiro nele ao perceber o que acontecia aqui e que não era reportado em memorando.

– E depois?

– Eles lutaram na subida da montanha. O soldado sobreviveu e foi falar de nós pro exército. Já seu avô...

– Certo...

– Foi encontrado dias depois de ter caído de uma encosta da montanha, com carcarás em torno.

Tieta se cala, deixa de comer e observa os jagunços com olhos baixos, aparentando ter conhecido o avô dela e, por isso, manifestando luto.

– Ele era querido aqui – disse Seu Carlos, e sorve mais uns goles de café. – Tão querido que, se você quiser, pode ficar com a gente. Em memória de Aparecido. Porque você é uma retornada, como todos nós. Nossa vida é manter isso aqui funcionando, eventualmente sair à caça de preciosidades por estas terras que as voçorocas ainda não engoliram.

– E de onde vieram essas voçorocas? – pergunta Tieta, saindo de um torpor ao pensar na morte do avô.

– Da mineração cavoucando tudo por estas bandas, de onde mais? E quem entende alguma coisa disso diz que foi uma substância que andaram usando, que fazia a terra se abrir e se desintegrar por conta própria. E essa substância passou a contaminar pássaros e insetos e esses pássaros e insetos andaram espalhando esse veneno por aí, a ponto de fazer tudo isso que você está vendo.

Ele se interrompe, pensa no que acaba de dizer e, com olhos de incredulidade, continua:

– Pois bem, pelo menos foi isso que me disseram, mas a xamã que morava aqui falava em revolta da terra, em maldição, em espíritos que tomaram o fundo da terra e querem levar tudo o que tem em cima dela de volta para seu núcleo.

– Eu não sei qual a história mais absurda.

– Nem eu.

Nesse momento, entra Jacinto, o jagunço, para ter uma conversa com Seu Carlos sobre um assunto que parece muito importante ao ser sussurrado no seu ouvido. O velho comemora, bate na mesa.

Olha para os demais e parece que eles se comunicam com os olhos. Algo aconteceu. Em seguida, o velho também olha para Tieta, que não entendia nada:

– Acabamos de receber a melhor notícia de todas. O presidente golpista foi deposto, tropas estrangeiras vieram ao país para restabelecer a ordem das coisas.

– De novo? Me parece que essa história se repete, não?

– Se repete. Mas ninguém aqui queria o exército tomando conta de tudo.

– E trocaram por outro exército tomando conta de tudo.

– Os civis não têm o poder das armas... – comenta Seu Carlos, retomando seu café e pensando sobre o que tinha falado. – Se bem que aqui nós temos, e ninguém aqui é militar.

– E não têm treinamento?

– Todos os dias. Foi seu avô quem nos treinou.

– Já não podem ser considerados como eles?

– Não, porque não temos intenção de tirar presidente algum do país ou de dominar outras terras.

Tieta relembra as conversas tidas com Mauro Müller e pensa que acerta sobre o fato de o sobrenome do avô ser bem mais importante do que o dele. Nessas conversas, o Haiti era uma realidade distante até perceberem os mesmos movimentos de deposição de presidente que se viu por lá. E lhe parece que tudo aquilo era uma grande encenação para Forças Armadas diferentes se alternarem no poder não por eleições, mas pela imposição da autoridade. A própria sanha da sobrevivência levada pelo fascínio que o poder provoca como distração e gozo; não necessariamente para a realização do bem comum. E, aliás, pensa ela, o bem comum existe? O que Seu Carlos faz em Nova Brasília ou em Sertões Novos é pelo bem comum diante de um mundo esburacado? O que seria dessas terras era algo a se pensar mais tarde.

– São notícias do rádio? – pergunta ela.

– Sim – responde Jacinto.

– E o que mais dizia? Como vão ficar esses destacamentos nas cidades que aprisionam pessoas?

– O que se ouviu é que as tropas estrangeiras não farão nada, pois as voçorocas já estão dando conta de tudo. Praticamente já não existem mais cidades em pé.

– Cruz das Armas, Brejo das Almas? – pergunta Tieta, pensando em Bernardo. Ao que o jagunço responde fechando a mão e descendo o polegar para baixo. Depois disso, sem entender a expressão de Tieta, pergunta:

– Tinha alguém lá?

– Só milico – responde o Seu Carlos, rindo.

– Só perguntei porque passei por lá, pelos destacamentos. Uma das poucas vantagens de ser viúva de general.

Ela pede licença e se vai. Os homens continuam reunidos, provavelmente conversando sobre o grande fato novo. Diz-se que na política tudo que se precisa para mudar de rota é um fato novo. Aquilo devia mudar muito para Seu Carlos. Talvez não tivesse mais que olhar para o horizonte tão preocupado com invasões de militares. Também não confiaria nas tropas estrangeiras e seu interesse pelo tal bem comum. A única certeza de Tieta é que Bernardo está morto, e tudo o que havia dele foi comido pela terra, exceto um nome seu riscado no revólver que ele deixou, com todos os traços do presente mais cafona que ela já ganhou na vida.

***

São 23h. As noites em Sertões Novos são mais claras. Ela percebe da janela de seu quarto. Pode-se ver estrelas e raros insetos pelo céu. E Tieta pensa que foram estes dias hospedada no quarto do seu avô que a fizeram se transportar no tempo e reviver o prazer de viver isolada, longe da civilização e próxima somente de si mesma. A vida que levava, como esposa obediente de general, recatada e discreta, não condizia com aquela adolescente que saía de madrugada para noitadas. E que se arriscava a ser encontrada por algum policial militar amigo do pai que a conduzisse até sua casa. Ou talvez coisa pior. Porque os homens em Sertões Novos não podiam encontrar uma mulher solteira e em condição de vulnerabilidade. Os piores pensamentos passam pela cabeça de Tieta e a levam à conclusão de que sua vida não teria sido melhor se tivesse ficado em sua terra. Ver o pai balear a mãe e meter uma bala nos miolos não teria sido bom. Anos depois, o avô também seria encontrado com um tiro. Ela pensa, enquanto observa as estrelas. Todos mortos por um buraco, porque todo tiro é a consumação de um buraco. Uma facada, um edema, um corte de espinho que seja. Todos são buracos. Algo engraçado, posto que neste instante Tieta ouve o canto das voçorocas e decide que aquela casa e que aquelas terras eram bonitas demais para ficar sem ela. A réplica de Kandinsky pode ficar, os móveis, tudo o mais. Quem sabe ali pudesse reabrir sua galeria de arte. Seria a maior galeria num raio de 600 quilômetros cercado por voçorocas. Quem subisse teria direito de levar pelo menos uma fotografia em sépia de alguma voçoroca. E então ela lembra, olhando as estrelas, do quadro que ilustra a noite estrelada sobre o Ródano, o mais famoso do pintor francês que decepou a própria orelha. Outro buraco. Mas um buraco feito na vertical, um buraco que vai se abrindo em pequenas fissuras na pele até descolar uma parte de outra. Que machuca e, ao mesmo tempo, mostra a dor que o pintor sentiu ao se ver em depressão e não conseguir exprimir tudo aquilo que queria ou podia com sua arte. Se for encarar por essa perspectiva, ela, Tieta, debruçada na varanda do quarto que era do seu avô, os olhos divisando as constelações, pensa que o universo é um grande buraco que estranhamente completamos com o que se chama de existência. Todos seriam o objeto cortante que limou a orelha de Van Gogh, que atravessou o corpo do pai, da mãe e do avô, e que complementa o universo com toda a sua miserabilidade existencial. Sim, Tieta se sente uma bala de revólver incrustrada no seio de Sertões Novos. Uma terra que já foi atingida por outro tiro de canhão chamado Nova Brasília, uma cidade construída por militares. E que, em toda a sua bravura, Seu Carlos resolveu meter um tiro nessa realidade e criar esse sítio no alto de uma montanha. Talvez, pensa Tieta, a civilização já não existisse mais como ela conheceu, e que Nova Brasília não seja aquele oásis que ela imaginou ter crescido em cima de Sertões Novos. E que nem cabe mais pensar nisso. Ela é que teria a chance de civilizar a região com sua futura galeria de arte, quem sabe uma pousada para repouso ou, quem sabe ainda, aquelas terras não fossem para mais ninguém além dela mesma. E lembra que até ganhou um nome, o de retornada. Uma das muitas pessoas que moravam fora e que, por algum motivo, voltaram. Mas se ela fosse mesmo uma retornada, não seria qualquer uma. Por anos, teve de aturar lacunas no relacionamento com Mauro Müller até ele se convencer a comprar as terras que foram do seu avô. Sim, as lacunas nas relações humanas também eram buracos. E nesta lacuna em especial, ela enfrentou brigas, surras, privações, humilhações. Uma vida inteira levada aos buracos, como se ela fosse um carpete esburacado e cheio de fiapos por onde o soldado Mauro Müller passava. Até chegar à patente de general, cuja coroação, para ela, veio com a compra das terras. Pois, mesmo depois de aguentar tudo, de ter de viver tudo o que viveu ao seu lado para que ele pudesse progredir na carreira, ela merecia uma prenda. Merecia um brinde. Um presente que não foi conquistado à toa. Não foi conquistado ontem. Por isso, ela pensa que aqueles homens do sítio Nova Brasília / Sertões Novos não conheceram sua trajetória. Não sabem de onde ela veio, nem o que ela teve de enfrentar por aquelas terras. Sim, ela é a dona das terras. E assim seria tratada. Sobretudo quando, antes mesmo de pensar em Van Gogh, em Mauro Müller e em todas as metáforas possíveis para os buracos, ela já tinha decidido matar Seu Carlos nessa madrugada.

***

O tiro não veio. Falhou. A pistola se resignou a fazer clic-clic-clic e nada. Tinha bala, mas não teve tiro. Quem diria que a arma em que Bernardo talhou seu nome com tanto orgulho fosse uma arma com defeito, sem qualquer valia. E que neste momento, com Tieta tendo se esgueirado pela casa escura e silenciosa até o quarto do Seu Carlos, ele fosse acordar com os olhos mais esbugalhados que os de um gato assustado, no momento em que Tieta bota o cano da arma na altura do pescoço dele em direção ao crânio para simular um suicídio clássico. Desses que se vê no cinema.

– Jacinto! Guardas! – o velho grita, após dar um golpe em Tieta e levá-la ao chão.

Rápido, os calçados se fazem ouvir pelo casarão e chegam até o quarto, encontrando Tieta com roupa de dormir e um revólver imprestável nas mãos. Ela se recompõe do soco que levou na cara.

– Ela tentou me matar – vocifera Seu Carlos, com ar de assombro. – Tira essa filha da puta daqui agora e manda ela pra caverna!

Tieta fica calada enquanto os demais olham para ela. Não há o que ser dito. Daquela hora em diante, Tieta se vê sendo conduzida por Jacinto. Sem boné, o rosto do jagunço fica um pouco mais primaveril, visto que até a barba não parece ser tão longa. A revolta toma visivelmente a todos, menos a Amanda, que tenta um diálogo no trajeto para a saída da casa:

– Para onde você vai levar ela?

– Para a caverna, claro – Jacinto fala com indignação. – Não ouviu o que o chefe falou?

– Não tem como deixar ela no galinheiro?

– Não. Foi muito sério isso.

O velho Carlos não acompanha. Fica no quarto remoendo formas de se sentir mais seguro enquanto dorme, tendo bradado toda a sorte de palavrões contra a neta do amigo que ele acolheu dentro de sua própria casa.

– Não tem outro jeito? – pergunta Amanda, acompanhando Jacinto e mais dois guardas.

– Não, porra! – grita o homem, perdendo a paciência com a colega. – Tu não ouviu o que chefe disse? Tá fazendo pergunta besta por quê?

Tieta é levada aos safanões para fora da casa. Jacinto a conduz para um porão onde se guardam armas e mantimentos, um covil onde ela percebe que também armazenam carvões para fogueiras e materiais de trabalho braçal. A única luz que adentra o buraco sob o teto de madeira é a da lua. O suficiente para ela ver que eles têm uma corrente com uma algema presa na estrutura do lugar, ao lado de serralheiras, enxadas e pás.

O jagunço a empurra para os fundos do porão que eles conhecem como caverna, depois a prende na corrente.

– Vai ficar aqui até que a gente decida seu futuro. E eu espero ver esses dois lindos olhos indo parar lá no nosso corredor – fala o guarda-costas, prendendo um dos pulsos de Tieta na algema.

Amanda fica na entrada do local. Ela chora. Neste instante, elas se comunicam com os olhos mais do que com tudo. Sente que, em seu silêncio, Amanda poderá fazer de tudo por ela. Embora não tenha certeza. É fugaz toda e qualquer impressão que Tieta venha a ter sobre o bem-comum ou sobre a solidariedade alheia. Uma regalia que nem todos têm. Para todos os efeitos, morreria ali. Seria seu destino, embora não tão fácil.

– Eu posso decepar minha mão com uma dessas ferramentas

e sair daqui – resiste, olhando para a serralheira e depois para os olhos do jagunço.

– Tente. Isso eu queria ver.

Os guardas saem e Tieta observa a porta ser trancada no subsolo úmido. Pela luz que penetra nos vãos das tábuas de madeira, ela passa a considerar a possibilidade de ter que dormir com escorpiões, aranhas e outros bichos noturnos. Ironicamente pensa que aquele era apenas mais um de todos os seus buracos.

***

Não se sabe se é segunda, terça, quarta, quinta ou sexta. Ou se é apenas mais um final de semana de lua cheia. Os dias passam pelas fímbrias da madeira: o sol, a lua, o sol, a lua, o sol, a lua, o sol, a lua. Duas semanas, talvez, pelos cálculos dela, em que era alimentada apenas uma vez ao dia, no mesmo horário em que faziam a limpeza do local, e que perdera um peso significativo nesse meio tempo.

Possivelmente tivesse o mesmo peso dos retirantes. Tieta lembra dos olhos da criança que a mirou enquanto passava com o carro e que, àquela altura, estaria morta nas profundezas da voçoroca. Também lembra do senhor que vagava triste enquanto Bernardo lhe era indiferente ao volante. Das mães desesperadas por um naco de pão. Todos magérrimos. Pois ela sentia fome, embora no íntimo também sentisse que a merecia. Por tudo que fez, por tudo que era.

Só as ferramentas são uma distração para a imaginação. Tieta observa as enxadas, pás, serralheiras e escavadeiras. Pensou por vários momentos como seria sua vida se fosse uma mulher do campo. Sabendo lidar com tudo aquilo, construindo sua própria casa, plantando sementes. Até que, nesta noite de lua cheia, tendo passado tantas que ela nem contou, abrem a porta em outro horário que não o da comida e da limpeza.

– Você vem com a gente – pela voz e as feições da barba à contraluz ela tem a certeza de ser Jacinto.

Dois jagunços, liderados por Jacinto, desprendem Tieta da corrente e a conduzem, visivelmente fraca, para fora do local. Ela observa o terreno da comunidade mais verde do que quando havia chegado. Inevitavelmente, ela pensa que trouxe consigo alguma esperança para Sertões Novos, embora já imaginasse que estaria morta depois de tudo aquilo.

Os jagunços levam Tieta para uma outra casa, improvisada para ser um hospital. Ela olha e estranha:

– O que é isso? Eu não estou doente.

– Não é doença – fala Jacinto.

– É o quê, então?

– Justiça.

Ao chegarem, colocam Tieta numa cama, amarram-na prendendo pés, mãos, cabeça e pescoço. A luz que vem de um gerador é falha, piscando sempre que Tieta, muito magra, se sacode no colchão. É incômoda, faz com que seus olhos se enruguem, o corpo completamente atado, os nós doendo nos pulsos.

– O que vocês vão fazer? – pergunta com dificuldade.

A mesa iluminada mostra uma sala com panos para sutura, esparadrapos, bisturis e tesouras. Sem limpeza, os instrumentos estão enferrujados, ornando toda a decoração do ambiente com papéis em que há marcações sobre remédios, operações e inscrições. Em sua singeleza, aquele era como um hospital de guerra, em que a pretensão maior talvez fosse salvar a vida de quem entrasse.

Ela deixa de pensar na sala e passa a observar o movimento dos jagunços amarrando-a com mais força à cama. Num momento, os dois que seguram os braços e as pernas de Tieta fecham os olhos. Têm medo.

Jacinto mete um pano na boca dela, força-o com a mão pesada, dando a entender que facilmente lhe quebraria todos os dentes. Ela grita, se sufoca, quando ele puxa uma espátula da coleção de instrumentos enferrujados e rápido arranca um dos seus olhos.

***

É dia. Houve chuva. Os pingos que escapam da estrutura da madeira molhada no teto da masmorra que eles chamam de caverna caem sobre a cara de Tieta, que acorda com um algodão e esparadrapos no lugar do olho esquerdo. Sente dor de cabeça. Como se estivesse numa longa ressaca do dia anterior. Ela grita, esperneia. Lembra que lhe deram cachaça para beber aos goles em alguns momentos. Não tinha anestesia. Assim ela se recorda da sala, das luzes, dos instrumentos e das caras dos jagunços com seus olhos fechados para o acontecimento.

Ela aperta as pálpebras, mas dói muito no lado esquerdo. O olho arrancado. Ausente. Nisso, Tieta vê que suas mãos estão amarradas à mesma corrente que a prende. Seus gritos se fazem ouvir aos quatro cantos. São intensos, desesperados. Tanto que um jagunço os ouve do lado de fora e abre a porta, deixando entrar a luz que cega o único olho de Tieta sob um céu nublado. A cabeça dói. O olho ausente dói.

– Daqui a pouco, a gente vai te soltar.

Ele sai, deixa a porta aberta. A luz que entra queima, mói, castiga. E depois de dez minutos, o jagunço retorna com Jacinto e Seu Carlos.

– Você foi poupada de receber a punição máxima só por ser neta do seu avô – fala o velho.

Tieta não quis perguntar qual seria, mas desafia:

– Antes tivesse me matado – diz, sentindo todas as dores que movimentar seu rosto naquela situação poderia causar.

– A morte é um presente para algumas pessoas.

Ele sinaliza para Jacinto, que solta Tieta e a conduz para outro lugar. Pela primeira vez, ela tem uma ideia da dimensão do sítio. Ali tem casas para cada um dos guardas, ainda que pequenas. Local de criação de animais, plantação, o hospital improvisado numa casa e o local onde estava, depósito de armas velhas e ferramentas. E pedras, pedras no chão e para todos os lados. Ela mapeia tudo como se um dia fosse conseguir fugir. Mas da maneira como estava, a morte seria mesmo um presente.

Resistindo à luz de um mero dia nublado, Tieta sente seu corpo ainda mais magro ao observar as pernas mostrando os ossos. Seu corpo mais leve também lhe faz deduzir que ela era como uma das retirantes que viu na estrada. Mas não era, pensa ela. Era a dona daquelas terras.

A pequena caminhada faz doer a cabeça, o olho retirado e todo o corpo. As marcas da cama a que foi atada se encontra nos braços e nas pernas. Ela pensa em tudo isso enquanto passam com ela pela entrada de um criadouro com dois bodes e desembocam no seu destino, um criadouro de galinhas.

– Você fica aqui cuidando desses bichos até que decida colaborar – diz o jagunço, prendendo-a em outra corrente mais larga no galinheiro.

– E se eu não colaborar?

– Aí perde o outro olho e nós te soltamos na cidade.

Neste momento, Tieta imagina que seu olho seria apenas mais um para exposição pública no famoso corredor dos olhos. E ela gosta de pensar que também seria o mais bonito. Não demora e sob fortes dores, encolhida a um canto e entre as galinhas, ela encontra seu pequeno reinado. E dorme. Profundamente. Como há semanas não dormia, posto que estava sobre as palhas do galinheiro e, neste singelo conforto, ela imagina as plumas de uma cama.

É outra noite de lua. Ela acorda. Sente a ausência do olho. A cabeça dói.

O olho é um buraco locupletado pelo peso das imagens. Se as semanas agora passariam mais solares, mais iluminadas, ainda assim passariam pela metade. Sem um olho. Sob a companhia de galinhas e não mais de ferramentas. Tieta pensa que um olho pode ser como uma ferida aberta no seio da face para nos permitir ver tudo aquilo que queremos e que não queremos ver. E que é pela visão que esse buraco se enche de alguma coisa que remete à existência. Pois foi pensando na existência que Tieta, mesmo com a visão pela metade repleta de algodão e de esparadrapos, percebe uma coisa surgindo no seu primeiro dia no galinheiro.

Um pequeno buraco.

Mas este não era como os outros. Parece crescer para dentro, comendo seu próprio centro, tornando-se iluminado não com a luz da lua, mas com uma luz própria. Um estranho evento de um buraco que só passa a crescer o suficiente para se saber vivo. Ela estranha, pois era como se fosse uma voçoroca. Pequena, mas voçoroca. E que passa a tentar se comunicar com ela através de um corvo branco que saiu de lá.

CAPÍTULO 4

NOVA BRASÍLIA / SERTÕES NOVOS

É noite. Chove. As voçorocas sentem a alteração do tempo através do som e do calor promovido pela incidência dos raios solares. O tato da chuva também é facilmente reconhecido pela facilidade com que as bordas caem, absorvendo tudo que há por cima da terra. Não é de seu costume se comunicar, embora se tente. O rugido que sai do epicentro é uma maneira de demonstrar que o vento, ao entrar, pode sair com variações rítmicas e inconstantes de som. Nada mais primevo, mas ainda muito complexo aos ouvidos humanos, que entendem como desastre natural tudo aquilo que não foi feito pela ação humana.

Mas nunca é natural.

Exceto para Tieta. Sim, ela conta toda a sua história trancafiada num galinheiro em que o general Mauro Müller jamais esperaria a encontrar se estivesse vivo. Parece endoidar, delirar. Conta para os ventos, as galinhas, sua história. Mas o corvo ouvia. Mesmo assim, ela era a mais nova portadora de um tapa-olho de tecido improvisado e que lhe foi dado de presente por outra que havia sido prisioneira do galinheiro. Amanda. Que viu o corvo, e nem falou com ele. Lúcida, lúcida. Não gosta de falar com pássaros.

Tieta, tão inteligente, devia saber que não há saídas quando se tenta contra a vida de um chefe, seja ele qual for. Ou você vai para não errar ou você se lasca. Pois é próprio da qualidade dos chefes não aceitar ter o seu poder questionado. Ainda mais quando o chefe lida com algo tão sólido e imponente quanto o sonho de fazer funcionar um lugar.

Certamente não era natural Tieta dormir num galinheiro, sendo ela uma dedicada colecionadora de arte. Por aquele tempo, dizem os bons rugidos, outras voçorocas chegaram ao litoral, ao centro do país e ao sul. Sem que qualquer cientista apontasse causa ou circunstância de sua aparição, a vida se faz lentamente aos buracos. Ou acostumada a eles. E Tieta pode dizer que tem agora um buraco mais expressivo do que qualquer outro na face. Seu tapa-olho passara de motivo de vergonha à causa de orgulho. Afora isso, sua vida foi tornada refém de uma gente que não conhecia seu lugar e sua história.

Sim, é triste. Ela passa seu tempo criando galinhas, tentando se comunicar com elas e recebendo refeições somente duas vezes ao dia. Num acesso de raiva, já matou animais inocentes e foi castigada: ferraram um brasão quente com que se marca bois em sua panturrilha, braços e barriga. Muitas vezes deixavam-na sob a chuva, o frio e as tempestades de areia; ao relento, quando nem as galinhas podiam ficar ao relento nesses tempos. Ela, contudo, resistia: não era um soldado. Não era mais um guarda. Nem seria. Era a dona daquelas terras.

Se é noite e chove, ela certamente lembra do verso final do poema de Agostinho Neto. E nas noites que pesam a tristeza, era este o resquício de civilização que lhe restava na lembrança.

"Ninguém impedirá a chuva", pensa.

Ela olha para o corvo branco com um misto de medo e curiosidade. Não responde quando ele fala. E se ele se aproxima dela no galinheiro, ela se distancia. Declama o poema mais uma vez para provar para si mesma que não está louca. E mesmo distante, quase abraçando as galinhas a um canto do galinheiro, ela fecha os olhos e ouve ele falando:

– Olá, não precisa ter medo.

Ela não responde. Olha para um lado e para o outro.

É noite, mas não é uma noite daquelas em que a escuridão da lua dá lugar ao espetáculo das estrelas. Nem isso ela teria em seu benefício, porque a lua não para de irradiar sua luz. As voçorocas, longe, emitem seu rugido. Na casa, Seu Carlos e os seguranças dormem. Somente Tieta está acordada e achando que, com a fala de um corvo, está delirando.

Acontece que o som das voçorocas é interrompido por um tiro. Esse som é carregado com o vento e chega até o galinheiro. Um estampido que dá lugar a outros. Do lugar em que se encontra, Tieta estica o pescoço e olha para a casa do chefe: flashes de luz, luzes que se acendem e se apagam. Vozerios masculinos. E agora gritos, novos tiros, novos flashes. Uma gritaria vinda da casa. E logo silenciada.

Há um vulto lá dentro.

Das casas onde ficam, os jagunços acorrem até a casa das armas. Veem que está fechada. Eles se dividem para pegar pistolas nas casas de um e de outro. E seguem para a casa grande; cinco deles à frente, com três oferecendo a retaguarda e fazendo a vigília: seria o exército de novo? Algum capitão ou comandante que mais uma vez resolveu atacar em uma noite de chuva?

Da porta de entrada da casa, o primeiro a tentar entrar é derrubado com um tiro. Os outros passam a atirar contra a casa, numa ameaça que se apresenta estranha e sombria. O vulto aguarda. Os tambores dos revólveres secam. O vulto aguarda. O segundo homem é pego numa janela: tem a cabeça atravessada com um tiro forte. Os outros abandonam e correm em direção a um dos carros. Uma picape. E fogem. Em plena chuva, o caminho difícil, a estrada esburacada e trevosa.

Mas Tieta, somente ela, presencia aquilo tudo e verifica a solidez das algemas e da corrente em que está presa. Fraca como está, não tem como escapar. Sim, era a sua chance. Só que, da casa grande, sai o vulto com um capuz. Anda em direção aos carros, às casas, faz uma checagem no local, entra nos carros e tira todas as chaves. À beira do precipício, observa se o carro que fugiu realmente se afastou. De lá ele mira, dá um tiro. E não sabe onde acertou.

Depois de tudo, o vulto encapuzado se dirige para o galinheiro, o que provoca medo em Tieta, fazendo-a se encolher aos poucos em um canto. Seria morta, tinha certeza. O corvo voa para longe e pousa numa árvore. Tieta se desespera. Não sabendo se queria aquele fim ou qualquer outro, também não imaginava se teria outra saída; até o vulto encapuzado entrar no galinheiro e se mostrar para Tieta como Amanda com os cabelos molhados da chuva e uma escopeta ainda soltando fumaça.

O corvo branco observa a tudo de cima de uma árvore.

***

É dia. Faz sol. Tieta acorda em uma casa simples, com quadros, móveis e utensílios modestos. Por um instante, imagina ser a casa de sua mãe; porém, esta casa não traz consigo os mesmos aspectos afetivos que ela encontrava na casa de sua mãe há 20 anos atrás, com cada móvel, cada quarto, cada lugar possuindo sua própria história. Era uma casa antes de tudo simpática e onde Tieta pareceu dormir muitas horas.

– Acordou? – pergunta Amanda, chegando no quarto. Da sala, rescende um cheiro forte de café.

– Parece que sim.

As duas se percebem em situações bastante distintas.

– Você está um bagaço.

– Eu sei.

– Pior que eu sei exatamente o que fizeram com você. E estou vendo que fizeram pior.

Tieta fica em silêncio observando Amanda.

– Eu já estive lá. Foi assim no começo – diz a mulher que ainda veste o capuz da noite anterior, dirigindo-se até a sala e buscando uma xícara de café para Tieta com alguns biscoitos. – Coma, vai ficar mais forte. Depois que terminar, vamos ver como ficaram as coisas.

Tieta come, observando que o corvo branco está no parapeito da janela, observando tudo. Ignora-o. Sente que é sinal de sua loucura. Amanda pega a arma, fecha o capuz, e pede para que, terminando o café, Tieta a acompanhe.

No lado de fora, as casas estão vazias, exatamente como na noite anterior. Ninguém voltou enquanto dormiam. Faz sol, mas a chuva deixa seu legado na madeira úmida das habitações, na capotaria dos carros e na estrutura do galinheiro; Tieta lembra de como era a chuva quando estava na masmorra que eles chamam de caverna. Ela percebe a portinhola por onde entrava trancada; a mesma que, quando se fechava para ela, havia a dúvida sobre se sobreviveria mais um dia. Ao andar, Tieta sente o peso de sua fraqueza e as marcas das ferraduras nas pernas, na barriga e no braço. O olho ausente ainda dói, mas pouco. Não tinham bois, ela constata, intuindo que a ferradura que a marcou por todo o corpo era apenas para os seres humanos.

– Eu entendo o que você passou, está fraca, mas você precisa vir comigo – diz Amanda, andando à frente, de capuz fechado e com a arma em punho. – Fique perto, eles podem ter voltado – diz, deixando Tieta na retaguarda.

À porta, o homem caído já estava com rigidez cadavérica. O outro da cabeça destruída tinha seus miolos varridos para a terra pela água da chuva. No corredor, iluminado pela luz do sol, Tieta se pergunta qual daqueles era seu olho esquerdo. Dentro da casa, as fotos das voçorocas e os móveis de mogno imperial continuam os mesmos. À esquerda, no acesso para a cozinha, nada se encontra. À direita, há sinais de um sangue grosso e já seco. Ao subir as escadas, Tieta vê Jacinto arqueado com o sangue do tiro no pescoço descendo pela barba. Ao entrar no quarto, Seu Carlos, deitado em sua cama de um modo desajeitado, exibe um tiro na altura do peito que formou um oco dentro dele, por onde é possível ver a marca do lençol empapado de sangue.

O olhar do velho é de incredulidade.

Como se entrassem em um antigo cinema, aquelas cenas formam uma história. Tieta relembra o modo como chegou a Nova Brasília / Sertões Novos, achando curioso um sítio ter dois nomes. Agora entende que é porque ali se conserva um pouco do que são os dois: a civilização e a barbárie. O homem civilizado e o bruto que ferra mulheres. A casa que tem uma reprodução de Kandinsky e a masmorra com serralheiras para cortar os pulsos de quem tenta escapar. E entende, pelo silêncio e pelas motivações que guiam Amanda, que nenhum homem jamais havia entrado na caverna. Apenas mulheres.

Elas ouvem um clique do lado de fora. Armas. Tinha chegado gente.

Tieta se tranca no guarda-roupas e sente o incenso orvalhado e enjoativo do perfume do velho Carlos entranhado nas roupas. No parapeito da janela, o corvo branco espreita tudo. Como observava desde o início. E voa para dentro da casa, caminhando pelo piso de madeira com calma. Até observar que o primeiro tiro de Amanda acerta um homem alto na altura da escada, fazendo-o cair no chão.

Amanda recarrega a arma. Desce com cuidado as escadas.

O corvo a acompanha.

Com muita calma, ela desce, desce, desce.

Outro tiro pega um homem na cozinha, com um revólver; um terceiro homem escondido debaixo do sofá atira e a bala quase atinge a perna de Amanda. Ela revida e o acerta na altura do peito.

Silêncio.

Amanda sai e encontra o carro estacionado logo à frente da casa. Olha os rostos dos baleados e confere os corpos de Matheus, Josué e Ítalo, que trabalhavam com ela. Descansa a arma e assobia para Tieta sair do guarda-roupas. Eles voltaram, o tiro não os acertou na descida. Certamente dormiram na cidade e voltaram logo ao amanhecer, acreditando que a luz do dia lhes traria sorte.

Tieta assiste a tudo sem estranhar. Só pergunta:

– Por quê?

– Você sabe o porquê – ela responde, recarregando a arma, mesmo sabendo serem aqueles os últimos que desconfiavam da sua existência num raio de muitos quilômetros.

– Veja, eu vim aqui atrás de minhas terras, as terras que eram do meu avô, que passou pros meus pais e que eu sabia que nunca seriam minhas. Então me casei com um general para um dia vir aqui com as terras compradas e... – ela se interrompe, percebe o quanto é ridículo falar dos papéis, da propriedade reconhecida em cartório, de qualquer possibilidade de judicialização, quando ela nem sabe se ainda existe o mundo como ela o conheceu.

– Tomar posse? – pergunta Amanda.

– É. Ou era.

Tieta olha tudo com um cansaço enorme.

– Você não vê que o que temos aqui agora é a chance de começar do zero? – Amanda tem um brilho nos olhos, uma cara de quem implora para ter razão.

– Como assim do zero?

– Essa comunidade foi criada para dar sentido a tudo isso aqui. Para acolher o retorno dos retirantes, como a velha xamã dizia. Tem gente que só quer morrer se for aqui. Conhece cada pedaço dessa terra como se fosse o próprio corpo. Eu ouvi o chamado, você ouviu o chamado. E estamos aqui, vivas – Amanda fala com emoção nos olhos.

– É. O chamado – repete Tieta, não querendo desafiar uma mulher armada.

– Meu sonho era fazer disso aqui um oásis de acolhimento – fala, mirando o horizonte, o canto das voçorocas chegando de longe.

– E como seria esse oásis?

– Um lugar em que pudéssemos receber as pessoas sem armas na cara. Já que agora o exército não existe mais.

– E seja quem for que esteja no lugar deles, não podem chegar até aqui?

– As voçorocas impõem medo.

– Eu não tive medo.

– Quem não é daqui tem.

Tieta demonstra resistência no início. Tão fraca, não consegue pensar naquilo como um oásis. Os corpos amanhecidos fedem, o cheiro da terra molhada não agrada. Dificilmente pode imaginar o casarão da mesma maneira como o observou ao chegar: um foco de resistência no meio de tanta barbárie. Amanda, contudo, abraça-a e demonstra confiar nela.

– Quando você chegou aqui, e eu vi tudo que aconteceu, tinha certeza que esse dia ia chegar – diz, com lágrimas nos olhos.

Tieta sorri. Devolve o abraço. Estava viva, graças à Amanda. Jamais iria se entregar para os guardas. E estava próxima de construir algo que sempre quis: a Sertões Novos que não conheceu em sua infância, a Nova Brasília que sempre quis que fosse. Depois de tudo, recolher e enterrar os corpos, queimá-los e jogar areia por cima, sendo Seu Carlos deixado por último, ela sobe para o quarto do seu avô, encontra suas malas, recolhe seus papéis de propriedade das terras, os dobra e guarda num local muito seguro. E decide dormir, torcendo para não sonhar.

O corvo branco, pousado na janela, vigia o seu adormecer.

***

É dia. Faz sol. Tieta já recupera o peso que perdeu nos dias de prisioneira. Ocupa o quarto que era do seu avô há dias. Suas feições voltam à normalidade. Somente as marcas dos ferros de marcar boi não saíram da sua pele, coisa que ela encara como tatuagens minimalistas. Ela soube, depois, que Amanda tem essas mesmas marcas. Uma prática corriqueira. Ela se olha no espelho antes de se vestir. Precisa se arrumar para o café com Amanda que, líder de uma insurgência solitária, passa a ocupar o quarto que era de Seu Carlos. Elas tomam café sempre à mesma hora, na mesma cozinha em que Tieta foi recebida pela primeira vez. Durante dias, não se falaram muito. A cooperação tácita se dá pelo desejo de sobrevivência e o medo constante de subirem mais pessoas. Não por outro motivo, as duas dormem armadas.

Tieta sai do quarto vestida. Os dias passam como o relógio parado e sem pilha no meio da sala: imprecisos, envelhecidos e carcomidos. Ao descer as escadas, não há outra maneira de se fazer perceber senão com os saltos que ela faz questão de usar. Na cozinha, vê que Amanda preparou um banquete com as provisões. E Tieta não deixa de se surpreender. As duas se comunicam com os olhos:

– Eu sei o que você está achando, que a comida não vai durar muito. Por isso, eu acho que devemos trancar tudo aqui e descer para fazer uma feira no que restou da cidade. Sempre buscávamos num supermercado próximo da montanha – diz Amanda, vendo Tieta olhando tudo.

– E você acha seguro?

– São dias da gente aqui, só nós duas. Não tem mais exército, não tem mais nada.

Antes de se sentar à mesa, Tieta resolve percorrer a casa. Ela percebe, pela primeira vez, que a reprodução de Kandinsky apresenta circunferências que lembram buracos sanguíneos. Coloridos. Lembrança que a faz tocar em sua face e perceber que, por trás do tapa-olho, há um oco no lugar do olho esquerdo. Doía antes, mas não dói mais. Cicatrizado com a cauterização. O fogo e suas resoluções, pensa ela. Afinal, também o corredor de olhos foi jogado fora. Para os carcarás. Dentre eles, seu saudoso olho esquerdo. Coisa que ela nem sabe mais, como é enxergar pelos dois olhos.

Numa das fotografias de voçorocas, há respingos do sangue de um dos homens mortos. Marcas da noite de sangue e de fúria em que Tieta, ainda presa no galinheiro, viu Amanda invadir a casa e matar a todos. Algo que sua incompetência com armas não a possibilitou fazer. Bernardo, afinal, tinha razão: que absurdo uma esposa de general não saber lidar com armas. E ela mentiu dizendo que sabia o mínimo. Agora, se vê obrigada a treinar todos os dias com Amanda nos alvos improvisados no terreno da propriedade. Porque naquele lugar pode até faltar comida, mas não faltavam armas.

– Você não vem comer? – pergunta Amanda da cozinha.

– Vem cá, como vai ser a partir de agora, só eu e você, ninguém mais? – pergunta Tieta, ainda com dúvidas sobre o que fazer com aquelas terras.

– Eu pensei numa coisa e não sei se você vai concordar.

– Pode falar.

– Pensei em ir à caça de comida e adotar pessoas que achássemos que pudessem morar com a gente. Nada de homens, só famílias. Mulheres, crianças.

– E por quê?

– Pensei que aqui podíamos criar algo interessante, um experimento de sociedade, sem competições, punições, crimes.

– Mas você está lidando com o ser humano.

– E não custa acreditar nele.

Tieta dá de ombros enquanto percebe que Amanda consegue organizar a cozinha em moldes minimamente aceitáveis, algo que era completamente desprezado por Seu Carlos e seus empregados. Ela observa Amanda preparar broas de milho, tapiocas e ovos com perfeição e não se furta de lembrar que ela foi parar ali fugida de um acampamento de retirantes nas proximidades. Ao chegar, foi testada, humilhada, violentada. Até que, no dia da invasão do exército, mostrou uma impressionante habilidade com armas. E ganhou o respeito de Seu Carlos.

– Eu sou uma retornada como você – disse ela, como se lesse os pensamentos de Tieta. – Como retornada, eu vivi aqui depois que você saiu – Tieta lembra que Amanda tem apenas 26 anos. – Sei como as coisas funcionavam, sei quem eram meus vizinhos, sei quem eram meus pais, até começarem as voçorocas e as ocupações.

– Faz quanto tempo mesmo?

– Isso vem de uns cinco anos para cá. Eu vivia com meus pais no subúrbio de Nova Brasília. Ele, mecânico; ela, cozinheira. Acabou tudo, o exército ocupou e fez os acampamentos, os cercadinhos. Vivíamos de acordo com o que sabíamos. Recebíamos só o mínimo – ela percebe que Amanda se emociona. – Depois, veio a onda de execução, ordem de lá de cima.

– Aí como você fugiu?

– Meu pai me deixou sair pela fresta da cerca. Saí muito jovem e não tinha outro lugar para me esconder que não fosse subir a montanha. Seu Carlos já estava aqui. Seu avô também.

– Ele era tudo que diziam? – Tieta se surpreende ao fazer essa pergunta pela primeira vez.

– Era. Mas ele acreditava em Carlos. Não teria levado um tiro se não tivesse acreditado que subir a montanha durante a manhã não tinha risco porque não havia soldados à paisana no entorno. Era mentira.

Tieta se senta para tomar o café. Faz menção de que ela pode parar. Visivelmente abalada, Amanda sente dificuldade em retomar a conversa enquanto termina de preparar a mesa.

– Eu senti muito quando você foi presa – confessa, olhando nos olhos de Tieta.

– Eu sei, querida.

Pelo rádio, nos dias que passaram, a frequência registrou pela primeira vez uma voz. Tieta, que mantinha o rádio ligado, pôde ouvir que as voçorocas chegaram até o litoral, tomaram o restante do país e já eram vistas em outros países. Que a intervenção não se estabilizou, que soldados de outros países sobrevoavam os interiores de aviões e helicópteros que partiam de enormes navios acostados no litoral. Ela, no entanto, não sabia quando ou se eles chegariam até elas.

Supostamente, as voçorocas estavam longe das montanhas e a caminho do litoral sem enfrentarem o oceano, o que fazia a civilização migrar para imensos navios que poderiam estar passando pelos mesmos problemas que as facções criadas nos sertões para deter os retirantes. Sim, ela tende a pensar que as chefias de alguns desses navios estavam quebrando regras que levariam pessoas a serem mortas. Não havia saída.

– Tieta, você soube de mais algo pelo rádio? Ele só chia, eu ligo de manhã e de noite, quando a frequência está melhor.

– Só uma vez. O mesmo de sempre. Buracos em todo canto e a população fugindo dos sertões.

– Vê como estamos seguras?

Tieta termina seu café e, como sempre, gosta de fazer uma caminhada pelas terras. Ouvir o canto das voçorocas, como aludia o velho Carlos, que a tranquiliza e, ao mesmo tempo, assombra. O corvo branco a acompanha em todos os lugares, nas janelas, nas plantações e no galinheiro, em que a pequena voçoroca não crescia, mantendo no seu centro um brilho estranho, quem sabe advindo de algum minério. Quem sabe ouro. Sim, podia ser ouro.

Tieta ouve uma voz.

– Olá? – Ela se vira, saca seu revólver e vê uma criança com seus cinco anos. – Você mora aqui? – continua a criança.

Tieta, em silêncio, aguarda a chegada de Amanda, esperando que ela tivesse ouvido a voz da criança na cozinha ou que tivesse percebido qualquer movimento estranho naquela manhã.

– Sim – responde Tieta.

– Tá só eu e minha mãe aqui. Tem comida? – pergunta.

Tieta abaixa sua arma ao ver a menina e sua mãe famintas, como um dia ela esteve na caverna e no galinheiro. Seus olhares se encontram. De algum modo, ela sabe que, dali em diante, Amanda ia poder completar seu sonho de transformar Nova Brasília / Sertões Novos numa civilização de fato.

***

É noite. Faz calor há meses. Em uma conversa com Amanda, ela conta para Tieta a história da xamã que viveu por longos anos na encosta da montanha que hoje lhes protege das voçorocas. Num buraco, semelhante a uma caverna, mostrada pela própria Amanda numa das investidas de picape para a cidade, ainda se encontrava panelas, lenhas para fogueira, alguns livros de ocultismo e um colchão velho em que a xamã dormia.

Passaram-se anos. Quando Amanda foi presa por Seu Carlos por desobediência, diz ela que a xamã subiu até a casa pela primeira vez e pediu ao velho que reconsiderasse o pecado da menina: ter roubado uma quantia de valor do velho e ter se preparado para fugir dali em um dos carros, num plano descoberto por Jacinto, quando este a flagrou roubando objetos da casa. Ela planejava se libertar e fugir com os pais, mas o exército chegou antes e o destino dos pais de Amanda, como os dos outros, todos já sabem.

Há uma interpretação que se localiza entre o fantasioso e a realidade na retratação da xamã. Afinal, é reservado o lugar de loucura, de xamanismo ou da incompreensão digna de isolamento às mulheres que entendem seu estilo de vida e seu modo de ver o mundo como único. Distante dos projetos familiares de constituir família e de servir aos homens. Essas eram as bruxas, as feiticeiras, as xamãs. Era assim que Amanda via a misteriosa senhora que andava sempre com um pássaro a tiracolo. E também com eles, os animais, se comunicava. Afora isso, a xamã nada fazia além de atender consultas sobre enfermidades e sobre o futuro. Poucas vezes atendeu o velho Carlos. Muitas vezes recebeu Amanda.

– E foi assim que eu fiquei sabendo que você um dia chegaria – disse Amanda, numa longa conversa que ambas tiveram na caverna da xamã.

De tempos em tempos, Amanda e Tieta passaram a receber mães e filhas pedindo abrigo, comida e um lugar para ficar.

Agora, o gerador de energia improvisado por Seu Carlos e o avô de Tieta já não dá conta de tantas luzes acesas, e Amanda vê como necessário um racionamento de energia nas casas que já eram ocupadas por quatro famílias de retornadas. Mães e filhas. Sempre mães e filha. Nunca homens, mesmo porque a maior parte deles estavam perdidos ou mortos pelo mundo.

Sim, por mais que as crianças reclamassem, não tinha mais energia para alguns brinquedos eletrônicos descobertos nos escombros das poucas lojas que sobraram. As voçorocas naquele momento tomavam o horizonte quase que completo da cidade de Nova Brasília, mal se podendo ver espaços para que seres humanos ou animais passassem que não fosse por beiradas muito estreitas em que sequer poderia passar um carro. Também naquele momento já não se via mais retirantes.

As pessoas que chegaram vieram de pontos perdidos do mapa. Quase todas já tendo morado, vivido ou constituído família em Sertões Novos. Eram, para todos os efeitos, retornadas. Algo que aprazia especialmente Amanda, que teve a sorte de não receber nenhum homem pedindo socorro por aquelas terras. Pois seria ela quem determinava aqueles que ficavam e os que iam embora. E há meses só apareceram mães e filhas suficientes para ocupar as casas dos antigos jagunços do velho Carlos.

São dias e noites de muito calor. No sertão de antigamente, era a véspera da chuva. Tieta preferia acreditar que tinha morrido e que aquela realidade, na verdade, podia ser alguma versão do inferno. Amanda se chateava. Com o tempo, passou a ver em Tieta uma velha ranzinza, pouco empática, que mal brincava com as crianças e não ajudava em nada na escolinha improvisada no lugar onde era a casa das armas. Algo que creditavam ao fato dela ter ficado presa no subsolo do local por muito tempo, o que a traumatizou.

– As pessoas dizem que você enlouqueceu – disse uma vez Amanda, levando-lhe uma xícara de chá feita pelas mães para as meninas dormirem melhor, certa vez quando Tieta se balançava na mesma cadeira de balanço do velho Carlos. Ambas pouco se olhavam, mas falavam sempre sobre o clima, as mudanças na natureza, a vida longe da civilização.

– Deixe que pensem o que elas quiserem pensar – Tieta mal olha a outra, com a lembrança perdida em algum ponto da estrada que a levou até o sítio; a memória em Mauro Müller e suas provações; em Bernardo e suas intervenções filosóficas; nas cidades por onde passou, na vida entre medalhas, estrelas e comendas militares.

– Quando você quiser conversar, eu estou por aqui – finalizava Amanda, de alguma maneira compreendendo o silêncio da amiga como uma forma de se proteger de tudo aquilo que o mundo lhe tinha feito.

À revelia de todas, das brincadeiras e da convivência, Tieta passava a maior parte dos dias se balançando na cadeira de frente para a comunidade. Com o tempo e outras tentativas de diálogo, Amanda e as mães das meninas tinham receio de que a velha Tieta, como era conhecida pelas crianças, estivesse desenvolvendo depressão. Ou simplesmente tivesse ficado louca. Para algumas mães e meninas, era só uma velha caolha. E mesmo que tivesse depressão, não havia qualquer chance de achar medicamentos com a cidade engolida. Na verdade, Tieta se balança em muitos pensamentos, em lembranças inconfessáveis, na degradante ironia em que se constituiu sua vida. Sempre ladeada por um corvo branco que, ao contrário dela, parece nunca envelhecer.

***

É dia. Passaram-se anos. Amanda vai todas as sextas pegar os ovos das galinhas em que as meninas, já crescidas, tinham colocado nomes tão engraçados quanto Matilda e Florinda. Amanda ri, diverte-se com a criatividade das meninas que viu crescer. Ela passa a ser vista como a tia das tias, ou a mãe das mães.

Acontece que, na sexta dos ovos, Amanda percebe que o galinheiro se foi.

Sendo a primeira a acordar todas as manhãs, notou que um buraco cresceu dentro do galinheiro e o engoliu inteiramente. Ao chegar mais perto, Amanda percebe um buraco sem fim, com toques dourados nas bordas, que ela só reconhecia como ouro porque Tieta uma vez lhe tinha dito que há muito tempo Sertões Novos era terra de garimpeiros.

Sim, ouro, mas um buraco sem fim, de cujo epicentro ressoava um tímido, mas expressivo rugido. O canto sombrio e incompreendido pelos seres humanos em todas as voçorocas por que passaram na vida. Não havia nenhuma galinha, nenhum sinal do galinheiro no fundo. A imunidade das montanhas sob as voçorocas estava sob ameaça. Rápido, Amanda toca o sino. Chegam de suas casas as meninas e as mães. Num longo discurso, Amanda explica que elas terão que sair. Em dias, a montanha será comida pela voçoroca que cresce no galinheiro. Não há outra saída. As meninas choram e as mães tentam tranquilizá-las. Dizem que existem montanhas mágicas pelo sertão, e que bastava encontrá-las para viverem todas felizes.

Ao se aproximarem do horizonte, elas percebem que a parte sul do território se encontra com voçorocas ainda em formação diminuta. Calculam que, mesmo andando a pé, dá para chegar em outra montanha em questão de três dias e três noites de caminhada. Não arriscariam ir para o litoral. Não tinha como andarem por dias, sem saber o que podiam achar por lá.

Amanda olha para Tieta. Cada dia mais silenciosa, cada dia mais velha. A velha caolha e seu corvo branco alimentado com restos de comida tinham energia para uma caminhada de três dias? Com toda a sua paciência e compreensão, Amanda se dirige até ela na cadeira de balanço.

– Já lhe contaram? – pergunta.

– Eu ouvi os rumores daqui.

– O plano é caminhar pra chapada ao sul.

– Não tem outra saída, né?

– Não.

Tieta olha silenciosa o horizonte, seu tapa-olho, de tanto tempo na cara, já tinha criado uma casca com a ferida do olho esquerdo.

– Eu sei o que você tá pensando – diz Tieta para uma Amanda que se mostra visivelmente preocupada com o estado de saúde dela.

– O quê?

– Tá pensando que eu não aguento – diz Tieta, olhando pra ela. – Mas eu aguento – e sorri, como nunca tinha sorrido nesses anos todos para ninguém.

Amanda arfa de alívio, encosta a mão no ombro de Tieta e admira a coragem dela. Ao longe, as mães e meninas organizam seus itens essenciais para a viagem. Os provimentos, os objetos pessoais. Colhem as últimas leguminosas, frutas e raízes das plantações.

O dia passaria em uma longa operação de sustentação da vida por mais três dias e três noites. Desta vez, como retirantes.

***

Tempo nublado. Amanda acorda e reconhece que uma possível chuva pode atrapalhar a caminhada. Não sabe se as mães e as meninas já estavam arrumadas para deixar a morada, mas espera que sim. O dia amanhece com as dúvidas dos primeiros raios solares reduzidos por extensas nuvens no céu. Mas, Amanda não se acovarda: põe lanterna, roupas, toalhas, mantimentos na mala. Desce para arrumar as comidas em bolsas de viagem. Observa que as mães e as meninas já se encontram na frente das casas, olhando para o céu cinzento.

Ao sair de casa, percebe que esqueceu alguém. Como podia? Estava acostumada com Tieta ser sempre a primeira. E até então ela não demonstrava sinais de que tivesse saído. Amanda sobe as escadas olhando para a porta da amiga, abre e não a encontra. Percorre o quarto, banheiro e não a encontra. Anda pela casa, verificando cada cômodo e nada de Tieta. Sai ao terreno, pergunta às mulheres e às meninas. Não tinham notícias.

Gritam, gritam.

Percorrem a casa mais duas vezes.

Não há nada.

– Não acredito – Amanda pensa. E vai até a voçoroca ao centro da propriedade. Está ainda maior do que antes.

Amanda não chora, contém as lágrimas, pois sabe que assustaria as meninas.

– Vamos! – diz, sem explicar mais nada.

Elas caminham em direção à descida da montanha pelo lado sul. Ao olhar novamente para a casa, Amanda se despede do seu próprio modo.

***

Não é noite, nem dia. É aurora. Tieta acorda de um sonho em que mata Amanda, as meninas e as mães. O sangue percorre todo o espaço do terreno. O corvo branco grasna para ela do alto de uma janela. Um tornado vem em direção à casa, mas ao perceber que ela estava lá, se transforma num tornadinho que ela pega com a mão e sopra, levando-o para um lugar distante. Inofensivo. Como inofensiva estava a voçoroca no galinheiro, reduzida a uma pepita de ouro, que ela pega e põe no lugar do seu olho arrancado.

Ela ri.

É dia. Chove. Ela sai do guarda-roupas onde estava escondida e, não por outro motivo, onde também tinha passado a noite dormindo.

Como todos os dias, se banha, se veste, se perfuma. Ela vai até a cozinha, prepara seu café, percebe que Amanda deixou coisas que não tinham serventia sem fogão: broa e ovos. Prepara. E os come. Tranquilamente. Movendo-se o mínimo para colocar uma colher na boca. Como fazia antes.

No sonho, Tieta desce as escadas com uma escopeta e destroça o coração de Amanda em frente à reprodução de Kandinsky. Deixa marcas. Em seguida, ao entrarem gritando dentro da casa, uma a uma as meninas têm as cabeças arrancadas por tiros, como se fossem alvos nos treinamentos recebidos por ela quando foi libertada. Em seguida, as mães. Uma a uma, como se fossem urubus em revoada sendo acertados por uma caçadora. Ela vê os corpos estendidos e cai numa risada como nunca se ouviu pelas paredes da casa.

Ela continua rindo porque lembra o sonho. E sorri olhando para a janela que traz um barulho diferente. Que não é o das voçorocas. O corvo branco pousado sobre a janela parte para pegar as migalhas de broa na mesa. Não tem medo de Tieta. Ao contrário, uma vez ofertado, come as migalhas de sua mão. Pacífico, domesticado. Ela se sente feliz até reconhecer o som estranho ainda mais alto, num ritmado semelhante ao de helicópteros.

Ela sai da casa e vai para a varanda de espingarda em punho. Vê três helicópteros com bandeiras de países estranhos sobrevoando o sítio Nova Brasília / Sertões Novos. Em seguida, o barulho vem de dois aviões que passam rasgando o céu em direção ao sul. Ela se senta na cadeira de balanço, recarrega a espingarda e tem o cuidado de jogar a munição em um canto para quando precisasse de mais. Verifica e vê que a arma, sim, está carregada.

A chuva estanca. O céu se abre. As borboletas aparecem fora e dentro da casa como nunca tinham sido vistas. Passarinhos cantam nas plantações de arroz e de milho. Aparecem preás e lagartixas pelo terreno. Eles nunca tinham sido vistos antes. E, de repente, os animais brincam, despreocupados. Alguns girassóis nascem e, num movimento só, se colocam em direção ao sol que surge. Um sol que arde entre as nuvens que se dissipam. A voçoroca ao lado da casa cresce com as bordas douradas. E, totalmente sem medo, passarinhos cantam e são vistos nas plantações em torno dela. Tieta observa tudo e permanece ali, com um novo espetáculo de borboletas, passarinhos e aviões cortando o céu. Não se ouve mais o barulho das voçorocas, somente o som das aeronaves que passam. Será que eles virão? De todo jeito, ela permanece ali.

Sentada. Em sua cadeira de balanço enquanto o corvo branco continua pousado no seu ombro e a arma em punho os espera carregada. Ali, num lugar de onde Tieta sente que nunca saiu. Ali, orgulhosa e à espera. Como se fosse somente mais uma velha caolha. Mas antes de tudo, a dona e senhora de suas próprias terras.

Os interiores foi materializado nas viagens entre a Parahyba e o Ceará. O asfalto interrogativo, as cidades pacatas, uma geografia urgente. Bela e prenhe. De lá para cá, a memória das voçorocas, dos *road movies*, das estradas e destes versos da Cecilia, a Meireles:

"Pastores da terra, vós tendes sossego,
que olhais para o sol e encontrais direção.
Sabeis quando é tarde, sabeis quando é cedo.
Eu, não."

Esta obra foi composta em Sabon,
em junho de 2025, para a Editora Patuá.